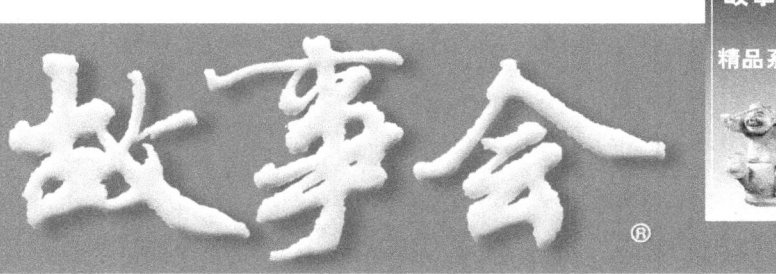

故事会
精品系列

青春故事

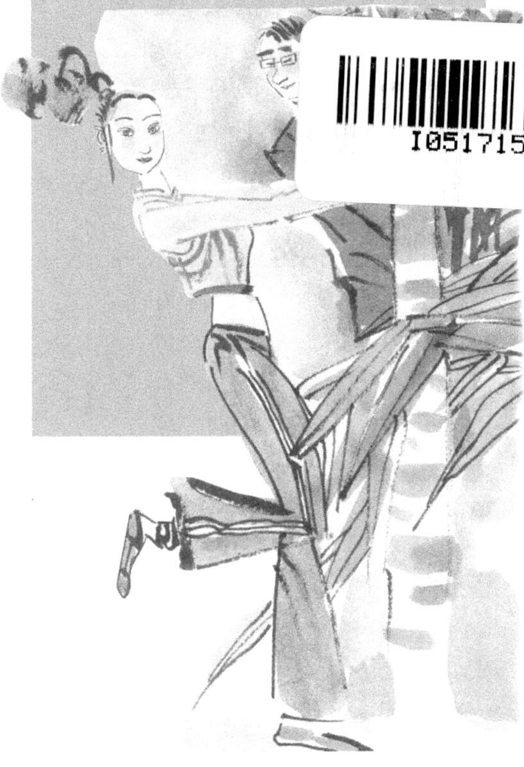

I0517158

 上海锦绣文章出版社
上海故事会文化传媒有限公司

上海文艺出版（集团）有限公司

图书在版编目(CIP)数据

青春故事 《故事会》编辑部编 - 上海：上海锦绣文章出版社
（故事会精品系列） ISBN 978-7-5452-0790-3

Ⅰ．①青…Ⅱ．①故…Ⅲ．①故事 作品集 中国 当代 Ⅳ．I247.8

中国版本图书馆 CIP 数据核字 (2010) 第 203309 号

丛 书 名：故事会精品系列

书 名：青春故事

主 编：何承伟

编 委：何承伟 吴 伦 姚自豪 夏一鸣

责任编辑：刘迎曦 鲍 放

装帧设计：王 伟

责任督印：张 凯

出 版： 上海锦绣文章出版社

上海故事会文化传媒有限公司

POD 海外发行： 中国图书进出口上海公司

电话：021-36357888

传真：021-36357896

地址：上海市虹口区广中路 88 号

邮编：200083

目　　录

花季雨季

情窦初开

寸草春晖

千叮咛，万嘱咐，点点滴滴都浸润着严父的期望和慈母的牵挂。

爱可以储蓄

　　小米还是个十五岁的中学生,可她总觉得自己已经长大了,因为熟悉她的人都夸她特别懂事儿。

　　这天半夜里,小米起来上厕所,发现妈妈的房间还亮着灯,从虚掩的门缝往里一瞧,妈妈正在床头灯下捧着一沓信在看。这么晚了,妈妈还看什么信呢?小米正要推门进去,忽然发现妈妈脸上的表情很奇怪,虽然挂着泪水,却又好像很甜蜜。妈妈这是怎么啦?小米很纳闷。后来又有好几次,小米夜里起来发现了同样的情景,这让她更加好奇了。

　　这天小米在寻找一本旧相册时,发现了一个纸包,打开一看,里面是一封封信,而且正是妈妈在夜里看的那种信笺。不得了,妈妈的秘密这么容易就被自己偷窥到了?小米激动得心里

"怦怦"直跳,她壮起胆子打开这些信,一封封仔细看起来。

原来,这些信全是一个叫"阿当"的男人写给妈妈的,说他怎么喜欢上了妈妈,怎么被妈妈的才气迷得神魂颠倒,最后还赤裸裸地向妈妈求爱,一定要妈妈做他的妻子。小米越看越生气,越看越害怕:妈妈居然陶醉在这样的情书里? 她竟敢背叛爸爸?

小米的爸爸被单位长年派驻在外地工作,每年只能回来一二次,家里平时只有小米和妈妈两个人。小米的妈妈长得非常年轻漂亮,三十六七岁的年纪,人家都说看上去就像小米的姐姐。小米知道经常有陌生男人给家里打电话,有时候还邀妈妈去吃饭什么的,可妈妈总是婉言拒绝。谁知背着爸爸,妈妈竟然偷偷和这个叫阿当的男人好上了。

小米伤心得直想哭:爸爸为了这个家,一个人在外面拼死拼活,他如果知道妈妈对他变了心,该多么伤心。小米发誓一定要挽救自己的爸爸妈妈,不能没有这个家。

小米咬咬牙,决定把妈妈的这些信扔掉,免得以后被爸爸看到。可再一想,妈妈要找不到这些信了,会怎么样呢? 一想到妈妈夜里偷偷看信时的那种神情,小米又有点不忍心。想来想去,她决定先把信藏起来。

小米床头有个大大的储蓄罐,是陶瓷做的,全密封型,除非把它敲碎了,否则就甭想打开。这种储蓄罐在南方很流行,有个名称叫"成年储蓄罐",意思是从儿童开始就往里面存钱,只能投进不能取出,只有等它的小主人长到十八岁行成人礼之后,才能当众砸开它。小米觉得把信塞进这里最保险了,起码在自己十八岁之前,没有人会知道这里的秘密,于是立即行动起来。

巧的是,小米的爸爸就在这天晚上突然回了家。小米心里好庆幸啊:幸亏我把信藏进了储蓄罐,否则真不知道会发生什么样的事呢。可让小米万万没有料到的是,妈妈的事情还是被爸爸发现了,因为照例爸爸回来应该是大喜的事情,可他和妈妈的神情都显得有些异常。

当天夜里,小米听到爸爸妈妈的房间里传来一阵争吵声,她爬起来悄悄过去一听,他们在谈离婚的事情。

妈妈说:"既然这样,我什么也不要,一切都无所谓了。"

停了停,是爸爸的声音:"小米很懂事,跟你还是跟我,由她自己决定吧。"

小米愣住了:为什么要让自己来做这种痛苦而残酷的选择?她推开房门走进去,低着头,却没有哭,说:"我不管你们的事情,可我知道是谁的错。我……我不想跟做错事的人一起生活。"

爸爸妈妈都睁大了眼睛盯着小米,小米觉得他们的目光就像两团火,似乎谁都在想用最后的温暖来争夺她。

小米忽然放声大哭:"我……我跟爸爸。"

妈妈愣住了! 不管怎么说,这些年来她和小米天天生活在一起,应该有无法割舍的母女之情,可小米却选择了另一半。妈妈痛苦地看了一眼小米,拎起简单的行装就冲出门去。

小米爸爸的单位考虑到小米还未成年,这以后就没有再派他去外地工作。

和爸爸在一起的日子多了,小米发现爸爸成天唉声叹气,总是对小米说:"我对不起你妈,也对不起你啊!"小米十分不解:明明是妈妈的错,爸爸为什么硬要把事情往自己身上揽呢?

小米一个劲地追问,爸爸只好告诉小米,他一个人在外地的时候,因为生活寂寞,没能抵挡住诱惑,和一个女人好上了。爸爸愧疚地对小米说:"我原以为我和你妈离婚,你一定会选择和你妈过,没想到你却跟了我……唉,我怕那个她今后万一对你不好,所以一直没答应她过来,也没告诉你……爸爸现在想想,真是后悔啊!"

小米听了爸爸这话,简直惊呆了,她怎么也没有想到:爸爸妈妈其实都各自背叛了对方。他们怎么能这样?

　　看着爸爸成天因自责而越来越憔悴的面容,小米便劝爸爸说:"爸爸,你也不用这么责备自己,其实妈妈在家里也有一个情人。"

　　"什么?"

　　小米冷冷地说:"我一直把这作为秘密,打算永远不再提它,可现在没有这个必要了。告诉你,有一个叫阿当的男人,给妈妈写了好多情书,妈妈经常在夜深人静的时候,一个人偷偷地看⋯⋯"

　　"你说什么?"爸爸惊愕地叫起来。

　　小米转身从自己房间里捧出那个成年储蓄罐,对爸爸说:"妈妈的秘密就藏在这里。"说着,她举起储蓄罐就要往地上砸。

　　爸爸慌得一把拦住她:"你干啥? 这是要等你长大成人了,才能砸开的。"

　　小米气愤地说:"哼,我已经长大了,是你们的所作所为让我迅速长大的。"说完,她猛地推开爸爸的手,"啪"地就把储蓄罐狠狠朝地上砸去。

　　霎时,妈妈常常在半夜里看的那些信,裹着钱币,撒了一地。

　　小米捡起其中一封,展开,给爸爸念起来:"'亲爱的丽丽',爸爸你听,多肉麻!"

　　"不!"爸爸一把将信从小米手里夺过去,泣不成声地说,"孩子,你不懂,这些⋯⋯这些信,都是当年我写给你妈的。"

　　"什么?"小米一头雾水地嗫嚅着,"你⋯⋯爸爸,你怎么叫阿当? 阿当怎么会是你?"

　　爸爸说:"阿当是我大学时的绰号,你妈知道⋯⋯"

　　小米一听,顿时傻呆了:"我的妈妈呀⋯⋯"

　　这撕心裂肺的一声喊,冲出屋子,传得很远很远⋯⋯

(傅昌尧)

(题图:安玉民)

蓓蕾绽放

　　初三学生胡佳有一副金嗓子，省电视台的青年歌手大奖赛正在招募选手，胡佳瞒着父母偷偷报了名。比赛在两个月后进行，胡佳就利用课余时间积极准备。

　　但是不幸得很，这事儿最终还是被她父母知道了。

　　胡佳的父母都是高级知识分子，他们都希望胡佳能刻苦用功，以后考上名牌大学，然后读研究生，踏踏实实做学问。可胡佳却不理会父母的劝阻，依旧我行我素，这让她父母非常头疼。

　　一个细雨霏霏的夜晚，胡佳的父亲胡雨亭带着妻子来到一位叫古静之的老人家里，决定向这位老前辈求助。

　　胡佳父母怎么想到要去找这位老人的呢？

　　原来，古静之是省城一位非常有名的老中医，和胡雨亭的父亲,也就是胡佳的爷爷,是至交。据说当年某局有个局长得了一种怪病,晚上一觉睡醒,发现自己的眼睛突然斜了,鼻子也歪了,连眉毛都掉光了,于是第二天一大早就用被单裹着头,慕名来求古静之给治。古静之一看,发现用他们古家以前特制的"古氏虎骨膏"就能治这病,可现在到哪儿去弄虎骨?看着对方痛苦万分的样子,古静之灵机一动,揭下墙上那幅胡雨亭父亲送他的《虎啸图》,"撕"下一条"虎腿",又开出几味药,让局长将"虎腿"和中药一起煎熬服用。局长虽然对古静之此举半信半疑,不过还是照着做了,没想三天之后他的怪病果然痊愈。这个传说在省城几乎家喻户晓。

既然古静之有如此神力,现在胡雨亭在对女儿劝阻无望的情况下,就想到了这位老人。

古静之一眼就猜到了他们的心思,笑着问:"雨亭啊,你们夫妻俩雨夜登门,是有什么事情吧?"

胡雨亭也不想绕弯子了,忧心忡忡地将胡佳的事细说了一遍。

古静之看着他们夫妻俩,问:"你们想让我做点什么呢?"

胡雨亭看了一眼妻子,说:"古伯伯,听说您深谙针灸探穴的中医秘技,扎了人身上的某个穴位之后,就能让他突然失去说话功能,过一段时间重新再扎一针,就能把功能恢复过来。是吗?"

古静之一听,眼睛瞪大了:"你是说……让我给你们胡佳扎一针,让她变成不会说话的哑巴?"

"对对对。"胡雨亭直点头。

妻子在旁边补充说:"古伯伯,我们这也是在实在没有办法的情况下想出来的办法,我们就想胡佳彻底死了唱歌这条心,一心一意准备中考,考完了再请您帮她恢复说话功能。其实,我们也不是完全不让她唱歌,可那个比赛偏偏在中考之前,您说这不是害人吗?"

古静之没想到他们夫妻俩居然会想出这样的办法,惊讶地连连摆手:"你们哪你们,你们做父母的,怎么能这样?"

胡雨亭赶紧解释:"古伯伯,我们实在没有别的办法了,时间这么紧,我们只能来求您了,您就帮帮我们吧?"

"唉!"古静之叹了一声,"你们别听人家瞎说。我会针灸这不假,可也不是像传说的那么神奇,一针扎下去变成哑巴可以,可要再想恢复说话功能,绝不是那么简单的事。"

可古静之越是说不行,胡雨亭夫妇就越是觉得老人肯定是怜爱胡佳,不想在孩子身上扎针。两人苦苦恳求了半天,也没有能说服老人。

妻子顿时急得直流眼泪,说:"古伯伯,您老人家和雨亭父亲是深交,您就帮我们一回吧。胡佳现在还小,关键时候不懂轻重,等以后长大了,她会感激您一辈子的。我们做父母的若是现在跟着她一起犯糊涂,将来孩子走了弯路再想回头,就迟了。"

屋子里的空气仿佛一下子凝固了,只有墙上的挂钟在"滴滴答答"地走着。

好半晌,古静之又重重地叹了一声,说:"唉……可怜天下父母心,好吧,我就答应了你们这一回。"

有了古静之这句话,胡雨亭和妻子紧绷的脸这才松弛下来,他们又和古静之具体商量了下一步的实施细节,直到十点多钟才离开诊所。

巧的是,没几天,胡佳正好患了感冒,胡雨亭就趁此机会把古静之请到家里来。一听说古爷爷是专门来给自己看病的,胡佳直埋怨爸爸不该麻烦老人家,吃点感冒药不就好了吗?

古静之疼爱地拍着胡佳的脑袋,告诉她说,西药有副作用,他来给她扎两针,晚上睡一觉,感冒就好了。胡佳很听话,于是就躺在床上,让古静之给扎针。

古静之在胡佳的耳朵边上扎了两根小银针,胡佳开始还有说有笑,后来就渐渐睡着了,古静之于是就轻轻关上房门,和胡雨亭夫妇来到客厅。

妻子的声音有些颤抖,她着急地问古静之:"古伯伯,不会有什么问题吧? 考完之后,您可一定要让孩子重新说话啊!"说这话的时候,她的内衣已经被一身冷汗湿透了。

古静之看了她一眼,说:"放心吧,既然答应了的事情,我就一定能办到。如果你们不放心,现在还来得及去把银针拔下来。"

"不不不!"胡雨亭在旁边赶紧一把拉住古静之。

……一晃,两个小时过去了,古静之重新走进胡佳房间,拔下她耳朵边上的那两根小银针,随后又拿出一包草药,嘱咐胡雨亭妻子熬给胡佳喝。一切都关照好了,他才离去。

那天晚上,胡雨亭夫妻俩一夜没有合眼,看着熟睡的女儿,他们的心里五味杂陈。

第二天早晨,妻子把胡佳从床上叫起来,胡佳突然发现自己一夜之间变成了哑巴。"妈妈,我怎么了? 我的嗓子怎么了?"胡佳手舞足蹈地喊着,可是却发不出一点声音来,她又伤心又恐惧,拼命用手揪自己的头发。

看着胡佳这个样子,妻子心如刀绞,抱着她大哭起来。

按照事先的约定,这时候,胡雨亭拨通了古静之的电话。半个小时以后,古静之又来到了胡家,察看一番之后,对胡佳说:"孩子,你这是发育期突然失声,别害怕,过一段时间会好的。"

胡佳流着眼泪在纸条上写道:"古爷爷,我想唱歌,参加青年歌手大奖赛,可现在却成了哑巴,怎么办啊?"

古静之抚着她的头,安慰说:"孩子,唱歌比赛你这段时间是肯定不能参加了,就安安心心准备中考吧!"

胡雨亭和妻子一看,赶紧接过话题劝慰胡佳。

胡佳不得不死了参加青年歌手大奖赛的心,只好一门心思投入到复习迎考中去。很快,她的学习成绩由班上原来的第十八名,上升到了前三名。

胡雨亭夫妇看到胡佳的成绩册,乐得喜笑颜开。

可就在这时,一件意想不到的事发生了:这天,古静之应邀去病人家里出诊,不料出了车祸,没能抢救过来。

这一来,胡雨亭和妻子的吃惊和慌张程度是可想而知的:没有了古静之,胡佳如何恢复说话?他们只好连夜奔走,跑医院,求医生。可医生们不但都摇头表示无能为力,而且还谴责他们的做法。

原来只是想阻止胡佳参加大奖赛,没想如今却弄得女儿一辈子将成为哑巴,夫妻俩越想越难过,越想越觉得对不起胡佳,他们甚至都不敢正眼看胡佳一眼。

可偏偏这时候,胡佳突然失去了踪影,胡雨亭和妻子心里真是又急又悔,恨自己当初怎么会想出那么个荒唐的办法,现在后悔也来不及了。他们一边去电视台要求刊登寻找胡佳的启事,一边自己白天、黑夜地出去四处找,还盼望着能接到好心人的电话,给他们提供线索。

可让他们万万没有想到的是,那天晚上,也就是电视台举行青年歌手大奖赛正式开赛的第一天晚上,胡佳突然出现在了电视屏幕上,五彩灯光下,她亮开嗓门唱了一首《青藏高原》。

"原来她是偷偷跑去参加比赛了!"胡雨亭心里的石头刚要落地,突然又回过神来,"哎,不对呀,胡佳的嗓子不是……不是被……"

妻子也疑惑地瞪眼瞧着他。随后,他们不约而同地冲到电话机前,给电视台打电话,不停地打,可是打不进去……

就在这时候,电话铃响了,是胡佳打来的:"妈……"

听到胡佳在电话里喊的这一声"妈",妻子泪如雨下,夫妻俩顿时抱头痛哭。

　　胡佳在电话里告诉爸爸妈妈:其实当初古爷爷并没有用银针扎哑她的嗓子,只是要她装哑巴;古爷爷还根据中医的原理,对胡佳怎么用嗓子正确发音做过指导呢。

　　"原来我们俩一直都被蒙在鼓里啊? 这个小丫头,不仅能唱歌,居然还会演戏?"夫妻俩这下才仿佛重新认识了自己的女儿。

　　那年中考,胡佳考得相当不错。

　　三年后的高考,胡佳同时收到北京大学和北方音乐学院两份录取通知,经过再三考虑,她最终还是选择了北京大学。她说,唱歌其实只是她的爱好。

　　上大学前夕,胡佳来到古静之墓地,老人的话又一次在她的耳边响起:"孩子,你就像一朵蓓蕾,等待绽放!"

(黄廷洪)

(题图:谭海彦)

记忆深处

高三毕业班的教室里静悄悄的,虽说最后一个学期才刚刚开学,可临战的气氛已经非常浓了。

这是一堂自修课,同学们都埋头在做作业,忽然有人敲门,老师轻轻走了出去,一会儿进来说:"毛小凡,外面有人找。"

毛小凡是个从农村来的女同学,一看就是贫苦人家的孩子,这么冷的天,窗外下着大雪,而她校服里面只套着两件单衣。此刻听老师喊,她站起身来,不住地搓着两只手,缩着脖子走出了教室。

来人是她老家对门的邻居齐叔。

齐叔对毛小凡说:"我进城办点事儿,你娘托我捎话给你,让你这星期回趟家。"说罢,他拉过毛小凡的手轻轻拍了拍,又捏了捏她单薄的衣服,叹了口气,走了。

毛小凡挺聪明，就是学习不太用功，上星期模拟考，竟落了个全班倒数第六。老师说，这样的成绩，上大学难。

毛小凡知道这样的成绩没法回去面对父母，加上家里穷，回家一趟的车费能顶在学校里三天的伙食，所以她不敢回家，也不能回家。可现在娘让人来叫她回家，是娘的老毛病犯了，还是家里出了别的什么事儿？毛小凡心里很紧张，又觉得很烦。

好容易到了星期五放学，毛小凡急急忙忙往家赶，进门一看，爹还那样在炕上"吧嗒吧嗒"地抽着旱烟，娘还那样在烟雾缭绕的暖炕旁做饭。

毛小凡怯怯地问："爹，娘，家里出啥事儿了？"

爹一看是她回来了，问："丫，最近书读得咋样？"

这是毛小凡最不想回答的问题，她迟疑了一会儿，嗫嚅着说："我……我……"

娘把脸凑过来，问："丫，最近考试了没？"

毛小凡说话就更结巴了："考了，考了……"她拼命想着词儿，该怎么说才能不伤父母的心。

谁知爹没等她回答就说："丫，要不，咱把学退了吧？"

毛小凡吓了一跳，眼泪立刻大滴大滴地掉了下来。为了供她读书，家里差不多把能卖的东西都卖了，父母从来就没有因为她是女孩子而舍不得花这笔钱，可今天怎么态度全变了呢？

"唉……"娘叹了口气，"丫啊！实在是因为家里穷，你万一考不上大学，这钱不就白白扔水里了？"顿了顿，娘又说，"丫，不瞒你说，娘……娘又怀了一个，前村的赵半仙说是个男娃。我和你爹担心将来你连自己的肚子都吃不饱，没人给我们养老，想把这男娃留下。"

毛小凡这才惊讶地发现娘突然隆起的肚子，因为长时间住校，家里发生这么大的事情，自己竟然一点儿都不知道，她心里直觉得愧疚。可是娘今年都快四十出头了，身体也不好，到时候万一……

毛小凡脱口道:"娘,你能行吗?"

爹一听,突然把手里正抽着的烟杆子重重地往炕桌上一扔,说:"不行也得行,谁让你不争气呢!"

爹还从来没有对毛小凡发过这么大的脾气,毛小凡愣住了,眼泪顿时像决堤的洪水,"哗哗哗"直往下流。

娘的眼圈红了,扯了扯爹的衣袖。

爹迟疑了一下,说:"哭也没用。这样吧,你要是有把握考上大学,爹娘就是砸锅卖铁也供你读下去,但如果明知道考不上,那你还是趁早嫁人算了。再试一个月看看,听见没?"

毛小凡拼命点头。虽然她平时不太用功,可真不让她读书,她突然就觉得天要塌了一样,所以一听爹说再让她试试,这才稍稍安下心来。

回到学校,毛小凡立刻拿出比原先多十倍的努力,一心扑在功课上。果然,成绩提高了,可还是不太理想。

毛小凡的同桌成绩始终排在班上前五名,看毛小凡现在这么用功,就好心提醒她说:"小凡,我看你不改变一下学习方法,就是学得吐血也没用。"

毛小凡问他:"那怎么办,我都急死了,你教教我吧?"

同桌说:"好吧,谁让我们是同桌呢!"

从此,只要有时间,同桌便教毛小凡怎样灵活地解数学题,怎样快速地记英语单词,怎样有的放矢地写考场作文。同桌这一着真是比老师还奇,在他的帮助指点下,毛小凡的学习成绩直线上升,最后一次模拟考试,居然考进了班里前十名。

公布成绩那天,毛小凡拉着同桌,激动得"呜呜"直哭。

高考如期而至,那几天,毛小凡考得特别自信,一个月后,她果然如愿以偿地拿到了大学录取通知书。

毛小凡兴冲冲地回家,家里只有爹一个人。

毛小凡问爹:"我娘去哪儿了?"

爹的脸色变得灰白,好半晌,才哆哆嗦嗦地转过身去,打开柜子,从里面拿出一封信,递给毛小凡。

一种不祥之兆掠过毛小凡的心头,她颤抖着手打开信,上面是密密麻麻的字迹:

> 丫:
>
> 这信是我请齐叔代写的,看到这封信的时候,娘已经走了。
>
> 可娘还是要问,你考上大学了么?爹娘就希望你能考上个好大学,将来不用再像我们这么遭罪。
>
> 娘没怀娃,娘是肝腹水晚期。反正这病也没治了,又怕你哪一天突然回来知道,影响考试,我和你爹就商量,索性用这法子来激你。娘没文化,只能用这傻办法骗你,以后你知道了,别怪娘,好么?
>
> 娘真想能等到你进大学的那一天,可不行啊,娘连说话的力气也没有了。你就把学校的录取通知书再印一张,到娘的坟前烧给娘看,娘会在那里笑的。
>
> > 娘 绝笔

在娘的坟前,毛小凡抱着娘冰凉的墓碑放声大哭。

春风微微吹过,那烧过的纸灰像黑蝴蝶般漫天飞舞,泪眼婆娑中,毛小凡忽然看到,野牵牛花已经在墓地开成了一片。她心里不禁感慨起来:是啊,开败了的花可以在来年春天开得更加灿烂,消逝的风也会在来年春天吹得更加和煦,可是有娘陪伴的那些经历了艰难跋涉却又温暖如春的日子,却永远永远地刻在记忆深处,不会再来了……

(汪静慧)

(题图:箭 中)

妈妈，节日快乐

下了晚自习，回到寝室里，几个小姐妹就兴奋地聊开了。

林晴问："喂，再过两天就是母亲节了，你们准备送妈妈什么礼物啊?"不等大家回答，她又得意地说，"我妈妈的手最漂亮了，我准备买一枚祖母绿宝石戒指送给她。"

哇，这么奢侈啊? 小姐妹们一听，都惊叫起来。接着，大家就七嘴八舌地议论开了:有的说要送妈妈一套化妆品;有的说要送妈妈一串珍珠项链;还有的说要送妈妈一本书，里面有如何防范和消灭二奶的精彩内容……

小姐妹们互相交流着，一直到很晚很晚了，寝室里才渐渐安静下来。小姐妹们都先后进入了梦乡，可柳阿丽却怎么也睡不着，听林晴说妈妈的手最漂亮，她心里就涌出阵阵心酸和悲哀，因为她妈妈的手根本就是粗糙不堪，一到冬天就裂开血口子，有一年一直到夏天都不能愈合。

柳阿丽心里很清楚，自己家境不好，什么戒指、化妆品都不切实际，对自己妈妈来说，能有一盒护手霜就不错了。对了，母亲节就送妈妈一盒护手霜吧，妈妈太需要它了，她一定会很高兴的。

可再一想，买一盒护手霜要十来元钱，自己哪有多余的钱来给妈妈买呢？柳阿丽动起了脑筋。

第二天晚上，刚吃了晚饭，她听到林晴在发牢骚："我爸爸整天就光知道给我买书，我的书柜早已满了，还床头一大摞、床尾两纸箱地堆着。刚才他又打电话来说给我买了好几本，哼，我回去就把它卖了。"

柳阿丽听了心里不由一动，于是就对林晴说："当废纸卖了多可惜，把你那些用不着的书卖给我吧，绝对比你卖废纸合算。"

林晴嘴一撇："你当我缺你那两个钱花啊？"

被林晴一抢白，柳阿丽顿时尴尬不已。

见自己的话伤了柳阿丽，林晴赶紧拉着柳阿丽的手说："阿丽，我和你闹着玩呢！说真的，你要是能帮我把那些书处理了，我真要好好谢谢你呢。"说完，就拉柳阿丽去她家拿书。

柳阿丽知道林晴向来心直口快，所以没怎么把她刚才的话往心里去，到林晴家挑了几十本确实已经没多大用处的书，用一个大纸箱装起来，拿回了学校。

第二天是星期六，柳阿丽起了个大早，抱上纸箱，来到文化广场，瞅了个地方，把纸箱里的书一本本摆出来，喊着"五元一本"，摆开了场子。可让她失望的是，广场上虽然人来人往，还不时有人停下来看看，但却一本书也没卖出去。柳阿丽累得连午饭都没吃，两条腿酸麻得不行，可就是没人来买书。

一直到傍晚，柳阿丽已经饿得头晕眼花，却又怕被人抢了摊位,还是硬撑在那里。她咬牙将书价降到了二元一本,终于有人过来看了之后,买走了几本。柳阿丽仿佛一下子看到了希望,人顿时精神起来,肚子也不觉得那么饿了。

就在这时,柳阿丽突然发现林晴一手拿着羊肉串,一手拿着罐可乐,正边吃边朝这边走来,她心里一慌,连忙把头低下去。还好,林晴没有注意到她,很快就走了过去,柳阿丽松了口气。

又过了会儿,过来一个八九岁的小男孩,左挑右拣,从柳阿丽书摊上拿了五本书。他递给柳阿丽十元钱。又问:"姐姐,我能问你一个问题吗?"见柳阿丽点头,男孩一本正经地说:"你为什么要把这些书都卖了?先说好了,你不许骗人哦!"

柳阿丽叹了口气,说:"姐姐卖书,是为了在母亲节送妈妈一件礼物。"小男孩一听,立刻叫起来:"姐姐好棒啊,自己赚钱给妈妈买礼物……"

可是小男孩的话还没说完,就见广场上那些摆小摊的,突然乱纷纷地收拾起摊位就跑。一位大叔见柳阿丽站着不动,就喊她:"你还不快跑?被城管逮住,不但要没收书,还要罚你款。"

柳阿丽一听慌了,急忙把摊上的书收拾进纸箱,抱起来跟踉踉跄跄地也跟着大家跑起来。纸箱很沉,她抱着越跑越慢,越跑越慢,实在跑不动了,这时一个卖馄饨的小贩推着车跑过她身边,一下把她撞倒在地上,柳阿丽眼前一黑,昏了过去……

不知过了多久,柳阿丽醒来,发现自己躺在医院里,林晴和同寝室的另外几个小姐妹正焦急地围在她身边,那个买书的小男孩也在,见她醒过来了,大家都松了一口气。

林晴告诉柳阿丽,这小男孩是她的表弟,傍晚她带表弟到广场上玩,看到柳阿丽在摆摊卖书,故意装作没看见走了过去,可她想弄明白林晴怎么突然在这儿卖书,于是就让小表弟假装买书来打听缘由。看到柳阿丽昏倒后,林晴立刻把她送到医院,又赶紧通知寝室里的小姐妹们一起来看她。

林晴拿出一个漂亮的大盒子,对柳阿丽说:"你从来不给我们说你家里的事,真不够意思。给,这是我们买的一套护肤系列化妆品,送给你妈妈。"

柳阿丽没料到事情的发展竟然会是这样,她动了动嘴巴,刚要想说什么,林晴立刻按住了她:"别说拒绝的话,我们说好了,明天一起去你家,把东西亲手交给你妈妈。"

同寝室几个小姐妹,齐齐地朝柳阿丽点头。

看着自己这些朝夕相处的姐妹,柳阿丽这时候只会流泪,她似乎有很多话要说,却又一句也说不出来。

但是母亲节这天,柳阿丽一大清早还是在给小姐妹们留下纸条后,悄悄地走了。她在纸条上说,她感谢小姐妹们,可她妈妈用不上这些东西,她家很偏僻,路不好走,大家就不要去了。

小姐妹们看了纸条真失望啊。

林晴和大家商量,说柳阿丽不邀请,干脆自己去,顺便还能看看乡下的田园风光。于是大家说走就走,她们来到长途汽车站,坐上了开往柳阿丽家那个小镇的车,下车后又一路打听。几个小姑娘正边走边问,叽叽喳喳地说个不停,突然,林晴手朝前面一指,惊叫起来:"咦,那不是阿丽吗?"

小姐妹们顺着她手指的方向看去,发现前方不远处的一块麦地边上,有一座新坟,一个女孩正趴在坟头上痛哭,她们连忙跑过去,果然是柳阿丽。

只见坟头上放着一盒崭新的护手霜,柳阿丽跪在那里,哭着说:"妈妈,这是我特地给你买的,你用用这护手霜吧,你的手就不会冻裂了……"

刹那间,小姐妹们全都愣住了,她们哭着一起在坟前跪了下来,齐声说:"妈妈,节日快乐……"

(梅继国)

(题图:安玉民)

奇怪的考题

　　颜帆是个柔顺的独生女孩,不知道是因为人长得可以,还是因为其他原因,反正追求她的人很多。

　　面对众多追求者,颜帆自己有些拿不定主意,于是决定让老爸来帮她挑选。颜帆一向崇拜老爸,她觉得老爸眼光特厉害,要不她也不会把这么重要的任务交给他。

　　那天,颜帆郑重地给老爸说了这事儿。

　　老爸似乎很开心,给颜帆讲了两点意见:第一,恋爱结婚由颜帆自己做主,他和妈决不干涉;第二,婚姻事关一生幸福,一定要慎重,建议颜帆扩大一下接触面,遇到比较中意的先带回家,先让全家统一统一意见。

　　老爸的民主作风让颜帆感觉很开心,她高兴地对老爸说:

"我挑跟我合得来的人,您帮我看看他的前途,两者都通过,就好啦。"

老爸一听,胸有成竹地说:"放心吧,要说前途,没点儿真本领,他休想混过我这一关。我这儿正准备了一道难题,等他来考哩!"

颜帆知道老爸做事向来让人琢磨不透,这道考题不会那么简单。但是后来她根本没料到,老爸的考题竟会那样奇怪,简直令她啼笑皆非。

那天,颜帆带回家来一个帅哥,姓韩。小韩长得相貌堂堂,家庭也有些背景,前不久参加公务员考试,笔试和面试都是头名状元。颜帆和他虽说刚认识不久,可彼此都还挺有感觉的,颜帆心里真希望他能顺利通过老爸这道关。

见面后,颜帆的老妈笑得满脸像朵盛开的大菊花,老爸也是一脸的喜色,和小伙子天南海北聊得非常投机。看上去,两位主考大人对小韩都很满意,可奇怪的是,老爸没给小韩出什么难题。

一晃,半上午就过去了,老爸说:"小韩,中午留下来吃顿饭,我要亲自下厨做几个拿手菜。你呢,也不能不劳而获哟——我家菜刀钝得不能用了,我也不和你客气,你和帆帆一道上街去,给我买把菜刀回来。"

小韩连声说"好",拉着颜帆就上街去了。

没多会儿,两个人有说有笑地回来,小韩把一把亮闪闪的菜刀递给颜帆老爸。

老爸问他:"小伙子,这刀快吗?"

小韩擦着额头上的汗珠,回答说:"快!我们跑了好几条街,看了好几家店铺,挑了一把最贵的。叔叔,您试试!"

"哦!"老爸接过新菜刀,一用,连声夸赞,"好刀,好刀,果然锋利无比。小韩,你还蛮有眼光的嘛!"

虽然老爸的考题还没出,但看得出来,一切都在顺利之中,颜帆心里禁不住一阵窃喜。

吃过饭,老爸和老妈客客气气地送走了小韩。颜帆涨红着脸,正等着老爸夸小韩呢,谁知老爸关上门,转身对颜帆说:"小韩这小伙子人是不错,但还是嫩了点儿。你自己考虑一下。"

颜帆一听愣住了,不解地问:"为什么呀?老爸,您连考题都还没给他出过啊!"

可是,老爸却慈爱地拍拍颜帆的脑袋,淡淡一笑,说:"天机不可泄露,我已经考过他了呀!以后你会明白的。有合适的小伙子,你就接着往家带吧。"

什么?老爸已经考过小韩了?考了什么呀?颜帆疑惑不解,好几天都有点情绪低落。

过了好久,一个姓文的小伙子被颜帆带回了家。小文出身高级知识分子家庭,满腹经纶,谈吐不凡,各方面都不比小韩差,他和老爸聊了一会儿,似乎挺对脾气。

可谁知老爸忽然打住话头,又让小文上街去买菜刀。

小韩买的菜刀还没怎么用呢,怎么现在又要小文去买菜刀了?颜帆心里一动:莫非老爸的考题与买菜刀有关?

为了能帮小文顺利过关,颜帆和小文一起仔细研究了"菜刀问题",达成共识以后,他们直奔商店,花大价钱买回了一把样式好看的名牌菜刀。

可是吃过饭送走小文以后,颜帆担心的事还是发生了。老爸对颜帆说:"小文这个小伙子呢,的确很出色,但还不是很成熟。你是不是再看看?"

颜帆一听可不乐意了,噘起小嘴,气呼呼地问老爸:"小文又哪儿不对劲啦?"

老爸安慰颜帆说:"莫急,莫急,老爸以后自然会给你满意的答案。风物长宜放眼量嘛,再挑挑看。"

说心里话,颜帆这时候可沮丧了,她真想不出她的爱情和菜刀能有什么关系?

就在颜帆对自己的择友眼光渐渐有些泄气的时候,一个长相一般、看上去挺憨厚的小伙子频频向她发起了爱情攻势。这个小伙子名叫温天明,家庭没有任何背景,但从政却很顺利,据说才干非常出众。他温柔、体贴、细心,追颜帆很有耐心,在他的温柔攻势之下,颜帆动心了,决定把他带回家。

这天,温天明如约来到颜帆家,老爸果然又要他去买菜刀,温天明不让颜帆陪着去,没过多久,就拎着一把模样很普通的菜刀回来了,连个包装也没有。

颜帆一看就在边上直摇头,老爸也冷淡地问他:"这么快就回来了,这菜刀快不快啊?"

温天明回答说:"不快,但也不钝。"

老爸板着脸,有些不高兴地说:"让你去买菜刀,你怎么买把不快不慢的来呢?"

可温天明却似乎并不在意老爸的态度,解释说:"叔叔,我一向喜欢用这样的菜刀,我想给您讲一个我亲身经历的故事,和菜刀有关,可以吗?"

老爸一听,勉强点了点头,温天明于是就讲开了:

"我小时候生活在农村,那年开春,一班铁匠来村里给农户打农具,就住在我家。有个一头银发的老师傅手艺特好,白天干活,晚上就给我讲故事,老师傅走南闯北,见多识广,他讲的每一个故事都让我听得入迷。听完了,我也总爱提些稀奇古怪的问题问他,时间一长,老师傅可喜欢我了。

"后来那些师傅做完活要走了,临走前,老师傅特意打了三把菜刀送给我。他对我说:'你这孩子机灵,将来说不定能成大器。我送给你三把菜刀,一把切肉如泥,一把切菜如柴,一把不快不钝,你好生琢磨,留意它们,若是能彻悟,定会前途无限,受用一生。'我当时一个小孩子哪懂这些,大人图个吉利,也就收下了。

"后来,村里人都知道我家有把切肉如泥、锋利无比的大菜刀,凡遇红白喜事都来借用。那大菜刀切肉、剁骨头样样顺手,难活儿都是它包揽了。起初,它今日在东家风光,明日在西家逞能,可是好景不长,不久,那刀就锋刃残卷、锋芒全无,被厨师们弃之一旁,再无人问津。而那把切菜如柴的钝刀呢,从无人用,搁在墙角,渐渐锈蚀腐烂,成为废铁。倒是那把不快不钝的菜刀,似快非快,磨磨又用,四季油光锃亮,用过的人都觉得还是这把刀顺手,所以它一直被用了很长时间……"

听完温天明说的这个故事之后,老爸起初还呵呵一笑,可是没一会儿就突然收住了笑容,一脸严肃地对小伙子说:"我让你买刀,你却和我讲中庸之道,如果用这样的态度对待工作,恐怕不太合适吧?"

屋里的气氛一下子紧张起来,颜帆知道坏事了,赶紧使眼色让温天明别出声。哪料温天明却一字一句地对老爸解释说:"叔叔,我不觉得这是中庸之道。我是觉得,不管是刀还是人,能力和精力都是有限的,工作上除了要有拼劲,也要有耐力和韧性才行。您说呢?"

老爸对温天明的话未置可否,淡淡地说:"工作上还是要积极主动的,要明白事理,但不要沾染庸俗之风。"

颜帆一听老爸这话,知道今天的事儿又要黄了。

可温天明却一点不觉得尴尬,憨笑着对老爸说:"谢谢您,叔叔,您的教诲我一定铭记在心。"

温天明走后,颜帆一头钻进自己的房间不出来,她真后悔让老爸帮她做参谋,她实在搞不懂,究竟什么样的人在老爸眼里才是有前途的呢?

可没料第二天中午,温天明却跑来找她,高兴地说:"咱们晚上一起去看电影吧!"

颜帆心里暗骂这小子"笨蛋",被老爸否决了都看不出来。她不高兴地反问温天明:"你呀你,难道你觉得你已经通过我老爸这一关了?"

谁知温天明却开心地说:"那当然啦! 你要不信,就打电话回家说晚上要和我去看电影,看看你老爸怎么说?"

颜帆当然不信,于是就打电话给老爸,说:"老爸,小温……温天明晚上要请我一起去看电影……"

没想老爸在电话那头爽快地说:"天明这小子不错,你要是想去看,我是没意见的。"

颜帆忍不住叫起来:"怪了,老爸,昨天没听您说过同意的呀?"

老爸忍不住笑了:"只要天明知道我的态度就行了! 你这丫头,小孩子脾气,是要这么个成熟点的人带着。"

晚上,颜帆和温天明开开心心地看完了电影,有老爸的认可,颜帆和他相处就随意多了。

当晚回到家里,颜帆追着老爸问:"老爸,您说小温这菜刀买得好,到底好在哪里呀?"

老爸点头道:"天明这小伙子不简单呀,有悟性,是块好料。你别小看这菜刀,大有学问呢! 你老爸一无靠山,二无奇才,却从小小村支书起步,到现在成了五百万市民的父母官,全靠自己悟透做人做官的道理。而小温,你看他现在才二十多岁,这么年轻就能明白这道理,不卑不亢,全无一点庸俗之气。我这一关,他算是通过了。"

颜帆虽然还不能完全明白个中的玄机,可看到老爸对温天明这么肯定的态度,心里喜滋滋的,美极啦……

(白　驰)

(题图:箭　中)

纯 真 年 代

童年的迷迷糊糊,青春的蒙眬情愫,等到有一天我们长大,便会领悟那都是纯洁无瑕的年少之歌……

突然失明

这天，三（2）班的沈刚突然两只眼睛什么也看不见了，他蹒跚着刚在教室里走了几步，不知是绊在桌腿还是凳腿上，身子一下就往前冲去，头碰在墙上，撞出好大一个包，生疼生疼的。后来，他好不容易从教室摸到学校门口，可是下台阶时一脚没踩实，整个人一屁股就跌坐在了地上，手搓着一堆碎石子，又痛又麻，随后就感觉手上有点儿发烫，潮潮的。他知道，这一跌准是把皮擦破，流血了。

这时，沈刚班上的辅导员王老师奔了过来，赶紧将沈刚从地上扶起来，并解下蒙在他眼睛上的黑布和保护头部的头盔。原来，三（2）班少先队要举行一次"阳光下的至爱"主题班会，到盲人学校去和那里的同学联欢，每个同学还要为那里的孩子做一件好事。为了更深切地体会盲孩子的心理,同学们决定在主题班会前,每人都尝试当一回盲人。这天,正巧轮着沈刚……

看着手上跌破的伤口,就在这一刹那,沈刚蓦地想起了几个月前的一件事情来。

那是一个阳光灿烂的日子,沈刚正在一条巷子里走着,只见迎面过来一位盲人老大爷,一路走一路用拐杖"笃笃笃"地在地上敲着。沈刚觉得挺有趣,突然就想看看一个瞎了眼的人如果没有拐杖,怎么独自在街上行走。于是,他就走过去故意一撞,把盲人老大爷手里的拐杖撞飞了出去。那老大爷没防着,一个跟跄碰到巷边一侧的墙上,差点儿摔倒。

老大爷挺生气:"同志,你怎么走路的? 你……"

老大爷话还没说完呢,沈刚就抢白道:"你问我,我还要问你呢! 你自己是怎么走路的? 我眼睛看不见,难道你眼睛也看不见吗?"

老大爷一听这话,以为撞他的也是个盲人,顿时怒气全消,连连打招呼说:"对不起,对不起,是我错怪你了。"随后就蹲下身子拼命在地上摸啊摸,摸啊摸,直到把拐杖摸到手里了,才站起来继续敲着它向前走。

望着老大爷磨磨蹭蹭远去的背影,沈刚在后面得意得直笑。

而现在,沈刚才体会到:原来,对瞎了眼睛的盲人来说,拐杖就是他的眼睛啊!

这一刻,沈刚心里惭愧极了,残疾人在生活上遭受到的困难和痛苦,其实远不是他所能想象得到的。他心里暗暗下定决心,今后一定要学会关心人、尊重人,尤其是残疾人。

(韦 伟)

(题图:黄全昌)

永远的秘密

枫枫十五岁那年,以优异的成绩考上了市实验中学。可因为家里穷,进新学校没多久,她就感到了一种无形的压力。

那天,枫枫到学校小卖部去,用那里的公用电话给家里打电话,突然发现周围的同学都在用一种怪怪的眼光看她。回来以后一留心,她才发现班里的同学个个都有手机,那些女同学还特别喜欢把手机挂在胸前,走起路来手机在胸前一晃一晃的,好不神气。

后来时间长了,枫枫又发现,到这所实验中学来读书的同学,不但学习成绩好,而且大部分同学的家境都是很不错的,举手投足间总透着一股傲气,枫枫心里很自卑。

那天是休息日,同学们都回家度周末去了,为了节省路费,枫枫没有回家。傍晚的时候,做了一天功课的枫枫独自上街去散步,经过一家卖手机的商店时,她不由自主地走了进去。

店堂的玻璃柜里,摆满了各种款式的手机,在枫枫的眼睛里,每一款都是那么可爱,那么诱人,尤其是其中一款黑色超薄型的摩托罗拉手机,与她同桌刘莉莉胸前挂着的那个一模一样。枫枫越看越喜欢,想象着把它挂在自己胸前的样子,简直有些陶醉了。

营业员精着哩,一看枫枫这个样子,赶紧说:"小姐,你的眼光真不错,这是今年最新的流行款式,我们店里卖得可好了,要不要给你先看看?"她边说边就蹲下身子,到玻璃柜下面的柜子里拿货。

枫枫顿时着急起来:这么贵重的东西,自己哪买得起? 她涨红着脸,赶紧朝这位营业员喊道:"阿姨,不用,不用了,我就是看看的。"

营业员直起身子,善意地笑着说:"光看有什么用,这玻璃柜里放的都是模具……"

"模具?"枫枫觉得很惊讶,"怎么它们看上去和真的一模一样啊?"

营业员热心地给枫枫解释说:"这些手机都是大公司的牌子,所以即使是模具,做得也很精致。要不,我还是给你看看真品吧?"

可枫枫的心里已经动起了念头:"阿姨,那……这款模具手机要多少钱?"

"模具手机? 你……你是来买手机,还是来买玩具的?"营业员惊讶得张大了嘴巴,"这模具手机又不值钱的,最多十元了,给孩子玩玩还差不多。"

枫枫说:"阿姨,那你就把这个模具手机卖给我吧,我家里是有个……有个小弟弟。"

营业员狐疑地看了枫枫一眼,觉得这个女学生的神情有点奇怪,但想想不就是一个模具嘛,每个型号的模具供货商都送来好几个,卖就卖吧,于是十元钱就把模具卖给了枫枫。

枫枫手里拿着模具手机走出了商店,心里可高兴了。回到学校,她立刻找出一根红丝带,像刘莉莉那样把模具手机穿上,吊在胸前,往镜子前一站,啊,好神气呢!

第二天,枫枫得意地对同桌刘莉莉说:"哼,我也有手机了,摩托罗拉的,只是还没来得及上号。"

枫枫故意把模具手机藏在口袋里,偶尔拿出来在刘莉莉眼前晃一下,瞧着刘莉莉惊得目瞪口呆的样子,枫枫心里乐得直想笑:哈哈,蒙住你了吧?

后来,全班同学都知道枫枫有了一个新手机,枫枫心里越发得意了。

再后来元旦到了,学校组织大家去旅游,为了便于分散活动时全班同学的联络,班长要每个同学报自己的手机号码。这下枫枫慌了神,眼看模具手机的秘密要保不住了,她急得直想哭。

轮到枫枫报号时,枫枫红着脸,结结巴巴地说:"我……我的手机还没上号呢。"

坐在旁边的刘莉莉大叫起来:"枫枫,你骗谁呀?你的手机早就上号了。"

"你……"枫枫哀怨地瞥了刘莉莉一眼,脸色变得煞白,"真的,我……我真的一直没有……没有去上号。"

"枫枫骗人,"刘莉莉拿起自己的手机,"嘟嘟嘟"开始拨号,并且朝全班同学嚷道,"枫枫还保密呢,她明明上了号,还以为我不知道。"

此刻,枫枫真是又气又羞,就想赶快找个地缝钻进去,伤心得眼泪都快要掉下来了,她对班长说:"班长,对不起,我……我真的没上号。"

可是话音未落，她口袋里的手机却突然响起美妙的音乐铃声来，她吓了一大跳。

同学们顿时哄堂大笑起来："枫枫，你什么意思嘛？明明上号了，还不告诉我们，你演戏给我们看啊？"

刘莉莉大声地把枫枫的手机号告诉了班长……

后来，直到同学们都有说有笑地走出教室，枫枫还目瞪口呆地跌坐在自己的座位上，闹不明白这到底是怎么回事。

就在这时候，那美妙的音乐铃声突然又响了起来，枫枫低头一看，发现她的手机屏幕上出现了一条短消息提示，打开再看，上面这么写着：枫枫，请原谅。我曾经趁你熟睡时看过你的手机，当知道了真相后，我心里又震惊又难过。昨天，我用自己的零用钱给你买了一个和你的模具手机同型号的手机，还给你上了号，趁你不备时把你的模具手机换了下来。我不会把这件事告诉任何人的，就让它成为一个永远的秘密吧！

署名是：喜欢你的同桌。

"同桌？是刘莉莉……"枫枫愣住了，眼眶里那两行忍了许久的泪水，此刻再也忍不住了，终于"哗哗"地直往下流。

枫枫不由自主地拿起手机，拨通了家里的电话。她想对爸爸妈妈说，其实，城里的同学都非常非常爱她。

（杨玉胜）

（**题图**：刘斌昆）

越闹越大

　　董小军今年十六岁,在一所寄宿制学校读书。不知从哪一天起,董小军忽然觉得自己的身体像气球一样开始充起气来:喉结突起,嗓音变粗,脸蛋上的"痘痘"此起彼伏。董小军隐约知道,这叫"青春期来临"。更具标志性的是,他白天有意疏远女生,不和她们说话交往,可一到夜里,这些女生却常常跑到他梦里来。

　　跑得最勤的,是一个叫余晓露的女生。余晓露是班里的生活委员,个子比董小军高,那校服已经够肥大了,却还挡不住她身上丰满挺拔的曲线,白皙的脸蛋上,有一些似有似无的绒毛,不知怎么,董小军总有一种想去抚摸一下的冲动。但董小军知道,如果真干了那样的事,大流氓的帽子就会落在自己头上。

　　一天清晨,余晓露又出现在了董小军的梦里,记不清是怎么回事了,反正是被余晓露握住手的时候,董小军的下身一热……

董小军顿时就从梦里惊醒了,发现自己身下真的热乎乎、湿漉漉的,他一遍遍地在心里骂自己:董小军啊董小军,你才多大年纪,怎么就这样儿了? 要是让同学们知道了,去死吧你!

这时候,起床铃响了,同学们都从床上蹦起来,可董小军却不敢起床,因为雪白的床单上留下了他那一览无余的湿漉漉的痕迹,如果让自己的丑行大白于天下,就等着做同学们的笑柄吧。

董小军想好了主意:假装生病,等同学们都到教室里去上课了,就起来把床单洗干净,神不知、鬼不觉地把"铁证"销毁掉。他叫寝室长沈亮代他向老师请假,沈亮一听他说病了,就要带他到校医那里去看,他吓得差点尿裤子,好说歹说,才把沈亮打发走。

见寝室里没一个同学了,董小军就准备起床洗床单。就在这个时候,只听寝室门"吱呀"一声被推开了,走进一个人来,董小军吓了一跳,定睛一看,差点没叫出声来。

来者不是别人,正是余晓露。董小军赶紧装出一副病恹恹的样子,问:"生活委员,你怎么来了?"

余晓露浅浅一笑,说:"老师听说你病了,让我来看看你。怎么啦,你哪里不舒服啊?"

董小军只有把戏继续演下去了,他龇牙咧嘴地做出一副十分难受的样子,对余小露说:"我发高烧了,浑身没劲。"

余晓露说:"那我陪你到校医那里看看吧?"

董小军哪里敢离开这条床单,紧张得直摆手,连连说:"不,不,我不要去。"

余晓露安慰董小军说:"亏你还是个男子汉呢,怎么那么怕医生啊? 我陪你去。"说着,她伸出右手,放在董小军额头上试了试,不禁疑惑地惊叫起来,"你额头凉冰冰的,没有发烧啊?"

可是此时，余晓露的手一碰到董小军额头，董小军就像被电击了一般，浑身战栗起来。他傻傻地看着余晓露，刹那间，脑海里浮现出梦里的情景，顿时呼吸急促，浑身燥热，仿佛有什么力量牵引着，不知不觉中，他一把抓住了余晓露的手。

余晓露愣住了，眼睛里满是惊慌，她下意识地挣脱，而董小军此时已经完全被自己的举动吓傻了，脑子里一片空白，只是两只手紧紧地抓着余晓露的手不放。

忽然，外面传来沈亮的大呼小叫："余晓露，董小军怎么样了？他没牺牲吧？老师让我来看看情况呢。"沈亮边嚷嚷着边冲进了寝室，一看这个场面，他也吓愣在那里了。

这时候，董小军还是没有意识到要把自己的手松开，他心里只有一个恐怖的声音在"轰轰"地响着："董小军，你被抓了现行，你完蛋了，完蛋了！"

就在董小军不知所措的时候，余晓露忽然用鼓励的口气对董小军说："董小军，抓紧我的手，快起来，咱们到校医那里去。有病不治会坏大事的。"说着，她抓紧董小军的手用力一拉，拉着他坐了起来。董小军出了一身冷汗，但也长舒了一口粗气。

沈亮好像大梦初醒，油嘴滑舌地调侃道："老天，把我吓了一大跳，我还以为看到什么'少儿不宜'的镜头呢，原来是这样啊！我说董小军，你也太娘们了吧？医生有什么可怕的，不就是往屁股上扎针吗？"沈亮说到这儿自觉失口，吐了吐舌头，"哟，我刚才说粗话了，该打！"余晓露的脸上不由飞过一丝绯红。

沈亮不好意思地挠着后脑勺说："委员长同志，何须你亲自动手，让我背他到校医那儿去。"

董小军一见要离开身下的这条床单了，吓得连忙又躺下来，装模作样地说："我浑身发软，不想动。"

余晓露闪着清亮的眼睛望着他，董小军羞愧地赶紧把自己的眼睛闭上了，恨不得找条地缝钻进去。

余晓露忽然对董小军说:"我想起来了,我们寝室里有一支温度计,我去拿来先给你量量体温吧。"说着,就走出寝室去了。

没多久,余晓露就回来了,让董小军把温度计夹在腋下。董小军的心"扑通扑通"直跳,眼看事情要露馅,这可怎么办?

煎熬了大约五分钟,余晓露要董小军把温度计从腋下拿出来,仔细地看着,说:"还好,不怎么烧。我刚才顺道还去问校医了,他说这几天气候变化大,不舒服的人很多,不要紧张,多喝点开水就好了。"她又把头转向沈亮,说:"沈亮,董小军没有什么事情,我们走吧,让他好好休息。"

风云突变,眼看越闹越大的事,就这么突然偃旗息鼓了。余晓露和沈亮走了之后,董小军赶紧起床,飞快地将床单洗干净。

这以后,虽然事情是风平浪静过去了,但董小军一直不敢正视余晓露,因为他的那次冲动,因为余晓露机智地给了他"台阶"下,他更害怕看到余晓露那清纯而善良的目光了。

不久后的一天,有个专家来学校给同学们开讲座,主题是:中学生怎样顺利地度过青春期。董小军觉得,那专家有段话好像是专门针对他说的。

专家说:"……青春期来临了,小伙子们会对异性有蒙眬的情感,这不是什么见不得人的事情,相反,我要恭喜小伙子们,这说明你们的生理和心理发育都是正常的……"

听到这里,董小军偷偷瞥了眼余晓露,发现余晓露也在看他,还调皮地朝他努努嘴。

讲座结束后,董小军看到余晓露送专家走出教室,拉着专家俏皮地说:"爸,你任务完成得不错,表扬!"

董小军一吐舌头:"乖乖,原来她是专家的女儿呀! 怪不得把我演的把戏看得那么透彻。"

(崔叶松)

(题图:谢 颖)

还你一个秘密

自打父亲去世以后，秦月就和母亲相依为命。

秦月的母亲是个环卫工人，为了能多挣点钱养家，她主动要求上早班，每天天没亮就出工去扫马路。但即使这样，每个月也只能拿到四百来块钱的工资。秦月现在已经读高三，而且马上就要参加高考了，尤其这个学期，要远比平时多交不少资料费和补课费，这可把她们母女俩急坏了，凑不齐这笔钱，就会耽误学习和考试的呀。

这天中午放学回家，秦月看见母亲紧锁着眉头在那儿发愣，她以为母亲还在为钱的事情发愁，心里一酸，就懂事地对母亲说："妈，别着急，我不参加补课，也不买资料，我相信自己，只要把课本里的内容掌握好了，照样能考上大学的。"

母亲回过神来，拉着秦月的手说："傻丫头，别想那么多，你放心，妈一定让你和别的同学一样，咱什么也别落下。"

秦月好奇地问："妈，你这话是什么意思？"

母亲起身走到橱柜前，拉开抽屉，从里面取出一个纸包，说："丫头，你看，这里是一千块钱，妈已经给你准备好了。"

秦月一看愣住了，疑惑地问："妈，咱家哪来这么多钱？"

母亲说："是……是妈向……向一个亲戚借的，过两个月妈就想办法还人家。这事儿不用你管，快吃饭吧，你下午去学校就把这钱交了。"

秦月看母亲说话吞吞吐吐的样子，心想：自己家里哪有什么富亲戚，能一下就拿出这么多钱来借给我们？她盯着母亲问："妈，你告诉我，这钱你到底是从哪儿借来的啊？"

可母亲却再不说话，把钱重新包好了，放进秦月的书包，随后就催她赶快吃饭。

看着母亲心事重重的样子，秦月心里七上八下的，一顿午饭只匆匆扒了几口，吃进嘴里也不知道是什么味道，放下碗筷就去了学校。

秦月一直是个挺细心的孩子，在把这一千块钱交给班主任陈老师之前，她又打开纸包，细心地数了一遍。核对无误后，她正要重新用那纸把钱包起来，忽然瞥见纸角一边上有个若隐若现的图案，仔细一辨别，是一朵用红笔画的小小的玫瑰。

秦月盯着玫瑰看了一会儿，似乎想到了什么，她决定不去陈老师那儿了，而是把钱包好后又重新放进了书包。

下午放学回到家，房间里静悄悄的，母亲还没回来，秦月等不及了，拔脚冲出家门，一口气跑到母亲负责清扫的那个街区。

当秦月突然出现在母亲面前时，母亲吓了一大跳："丫头，出啥事儿了？"

秦月从书包里取出纸包，问道："妈，这钱你真是借来的？外面这张包钱的纸,你仔细看过吗?"

母亲被秦月问得心里"怦怦"直跳:"怎么了,上面写啥话了?妈没顾上看啊。"

秦月说:"妈,看,这纸角边上画着一朵玫瑰,我觉得怎么和电影故事里看到的一样,有点神神秘秘的?"秦月央求母亲,"妈,你不告诉我这钱的来路,我坚决不要。"

母亲愣住了,捏扫把的手停了下来。

她沉默了好一会儿,说:"丫头,我本不想跟你说的,你既然一定要知道,那我也不再瞒你了。这包里的钱,是妈昨天……不,是今天天还没大亮的时候,我正在这扫垃圾,一个晨练的人非要我收下的。"

"晨练的人?"秦月听了很吃惊,"妈,他为什么要送这么多钱给你? 你认得他吗?"

母亲摇摇头:"不认识。他是个男的,他说他每天晨练跑过这里,看到扫夜路的清洁工都是男的,只有妈是个女的,天天这样怎么吃得消。他说送点钱是个心意,一定要我收下。他还说,他母亲也做过清洁工。"母亲说到这里不由叹了口气,"他说完,把纸包往我手里一塞,就一溜小跑走了,妈追也追不上。"

"可是妈,"秦月说,"你就打算把这钱当作是借的,让我去学校交了?"

母亲显得十分为难:"丫头,你听我说,妈这一整天也是心神不宁的。妈看得出来,你心里有疙瘩,妈也不想无缘无故拿人家的钱。可眼下咱是真没钱呀,就算妈借他的吧,以后妈一定还他……"

"可是妈,"秦月犹豫着,"不明不白用别人的钱,咱心里不踏实呀。妈,你看到他长什么样儿了吗?"

母亲依然摇头,说:"那会儿天还没大亮,再说他把钱往我手里一塞就跑了,妈哪里能看清他的眉眼? 不过,我看他那背影,个子矮矮的,身体倒还结实。"

"个子矮矮的?"秦月眉眼一跳,"妈,你不是说,他自己讲他天天晨练跑过这里的吗? 明天早上我跟你一起来上班,看能不能等到他。"

母亲一听,觉得这样也好,要不以后还钱找不到他人怎么行? 于是就点点头。

第二天一大老早的,秦月果真就和母亲一起上大街来了。可让母女俩遗憾的是,她们一直等到大天亮,那个送钱的晨练人始终没有出现。

不过秦月这时候却反而显得挺胸有成竹的样子,对母亲说:"妈,别急,我有办法,我肯定能找到他。"

这天中午,秦月没有回家吃饭,而是来到街道派出所,在墙上贴着的众多警员照片中,找了一位温和漂亮、名叫项枚的女警员,按照照片下面提示的序号,走进了她的办公室。

那女警员正低着头在写什么,秦月走上去,轻声问道:"请问,您是项枚姐姐吗?"

女警员抬起头,见是一个穿着校服的中学生,很惊奇:"是呀,我就是项枚。你找我? 有什么事吗?"

秦月说:"项枚姐姐,我想让你帮我找个人。"

"哦?"项枚说,"小姑娘,这里是内勤室。走,我带你去值班室,那里的警察一定会帮你忙的。"

可秦月却摇摇头说:"我不要找他们……他们都有点凶……"

项枚一听笑得可厉害了,想了想,说:"小姑娘,那你告诉我吧,你想找谁? 看我能不能帮上你的忙。"

秦月乐了:"项枚姐姐,我要找的,是一个想帮我和我妈妈的人。"

项枚十分好奇:"想帮你和你妈妈的人? 这是怎么回事? 别

着急,你慢慢说。"

秦月于是便从书包里拿出一千块钱的纸包,把事情前前后后经过说了一遍。

秦月刚讲完,项枚就感动地说:"嗨!这人可真是个无名英雄呀!"可她又觉得很为难,"几万人的县城,个子矮的很多很多啊,没有别的线索,还真不好找呢!你尽量想想,你妈还给你说过点什么?"

秦月想了想,对项枚说:"项枚姐姐,你看,这算不算一条线索?"她把手里的纸包打开,指着纸角边上若隐若现的红玫瑰,说,"这上面有个小画……"她将纸包递给了项枚。

项枚接过一看,欣赏着说:"画得还真像哎!"停了一会儿,又分析道,"看样子,这玫瑰很有可能是这个人随手画的。或许他平时挺喜欢玫瑰,就喜欢在纸上画,那天画过之后,正好用它来包了钱,送给你妈……"

秦月一听,佩服极了:"项枚姐姐,你真行,能从这么小一朵玫瑰里,判断出一个人来。看来,这个给我妈送钱的人还真有情调呀!那……项枚姐姐,你说这个人会是什么性格的呢?"

项枚想了想,兴致勃勃地说:"我猜想呀,这个人平日里喜欢红玫瑰,看来性格一定很奔放,也许是搞文秘工作的吧?小姑娘,你说我这样推测,是不是把找人的范围缩小了点?"

秦月像是受到了项枚这番话启发似的,说:"项枚姐姐,我课余时候也挺喜欢画画的,我能说说我的看法吗?"

"当然行,说吧,我很想听听呢!"项枚微笑着鼓励秦月。

秦月于是便对项枚说:"这朵玫瑰,我也觉得可能是这个人随手画的。但既然是随手画的东西,我记得我们美术老师曾经说过,心头有所思,手下有所画,我觉得这朵玫瑰像是从他心里流露出来的一种情感。还有,他是用红笔画的,哪些人会经常使用红笔呢?"

项枚被秦月这么一说,心里怦然一动:没想到这姑娘小小年纪,竟会把事情分析得这么头头是道。她看着纸上的玫瑰,沉吟了半晌,对秦月说:"小姑娘,你说得挺有道理,让我再好好想想,调查了之后,一定会给你一个结果,行吗?"

秦月一听,高兴得直点头:"那太好了,项枚姐姐,我和我妈妈就等着你的好消息咯!"

秦月如释重负地走出了项枚的办公室。

嘿,让秦月怎么也没有想到的是,只过了两天,项枚就找到秦月家里来了。这时候,秦月母亲还没下班,家里就秦月一个人。秦月吃惊地问:"项枚姐姐,你怎么会知道我们家住在这里?"

项枚指指自己身上的警服,笑着说:"你这么相信我,我可一点都不敢马虎。我是从你班主任陈老师那里知道你家地址的。而且你肯定没想到,这个送钱的人会是谁。"

秦月眨眨眼睛:"谁?"

项枚说:"就是你的班主任陈老师呀!"

"真的吗?你怎么会找到陈老师的?"秦月好奇地问。

项枚告诉秦月:"要知道,你本人就是一条有价值的线索呀。别人为什么要送钱给你妈?一定是了解到你们家现在正急需钱用,你现在正读高三,而且马上就要高考,最急需花钱的就是你呀,这样,我就到你们学校去摸底调查了。你不是说,'哪些人会经常使用红笔'的吗?学校里的老师就是天天要用红笔的人啊!加上你的班主任陈老师就是我高中时的同学,我自然就先从他那里调查起了。他看到我上门,你说,在老同学面前,他能不'招'吗?"

秦月连忙又问:"那陈老师为什么要这么做呢?"

项枚拍拍秦月的肩,感慨着说:"陈老师说,他看到你高考压力这么大,还要为这个费、那个费的事着急,实在于心不忍,于是就想帮你。但是他知道你性格要强,直接给你,你肯定不肯接受,于是就想了个办法,特地一大早去你母亲上班的地方,以晨练人的身份硬塞给她。而且,陈老师的母亲过去的确和你母亲一样做过清洁工作,他对你们母女俩目前的困境特别能体会。小姑娘,能碰到这么好的老师,这是你和你同学的福分哪!"

项枚由衷地赞叹着:"陈老师本来再三叮嘱我不要告诉你这件事的,而且他不明白,你为什么要去派出所,要我帮你找他,将这事儿弄得满城风雨,这有违他的初衷啊。你能告诉我,你为什么要这么做吗?"

秦月见项枚这么问,突然笑了,而且笑得很开心,甚至很得意。她狡黠地朝项枚扮了个鬼脸,然后从兜里掏出一个叠成"心"字的纸条,递给项枚说:"项枚姐姐,我的答案全写在上面了,你回去自个儿看吧。"

这小姑娘,什么事情呀,搞得这么神神秘秘的?

从秦月家出来,还没回到所里,项枚在路上就好奇地将心形纸条打开,看了起来。

纸条上这样写着:

项枚姐姐:

我是个大女孩,先请原谅可能是一个大女孩的敏感。

你一定知道我们陈老师是许多追求你的人之一,这在我们班里早已是公开的秘密,谁都知道。陈老师相貌平平,在那么多追求者中,你也许只把他当作一个一般老同学而已。但是我要说,陈老师不但当教师优秀,做人也是那样地富有爱心,这方面可以举出许许多多例子,我想你自己一定感受过,也一定听到过不少,所以这里我就不再具体写了,单单这次不留名地送钱帮助我们家,就足见其心。

我是班里的学习委员,有时送同学们的作业本去让陈老师批改,好几次发现他都有意无意地喜欢在纸上画玫瑰,寥寥数笔,却入木三分,真好看。项枚姐姐,你的名字里有个'玫'字,猜想喜欢你的人可能会给你送去幽香的玫瑰,而我们陈老师,他或许只把他喜欢的'玫瑰'画在纸上,印在心里。

都说女孩敏感。是呀,那天见了那张包钱的画有玫瑰的纸,我就猜想这钱是陈老师送的,因为现在最了解我家困境的,或许就是陈老师了。为了感激陈老师高中三年对我的关心,也为了看到老师幸福的未来,不知怎么,我想到了我听说过的在派出所工作的你,最终用了这个办法,通过请你来帮助我寻找一个心中已经猜到的八九不离十的谜底,来表达我们作为陈老师学生的真实想法和心愿。

项枚姐姐,真心祝愿你的这趟'寻人之旅'能有收获。这,也是我和我的同学们中学时代回赠给我们喜欢的陈老师的一个'礼物'。

……

看到这里,项枚的脸绯红绯红。

(傅 人)

(**题图**:黄全昌)

千层底

人与人是讲缘分的。

阿朱就很喜欢班主任吴老师,不但喜欢她的课,就连她走路一跛一跛的样子都喜欢。阿朱没有母亲,在心里,她是把吴老师当作母亲的。她喜欢盯着吴老师的跛脚看,在心里一遍遍地计算吴老师该穿多大的鞋。她的心里,有个不为人知的秘密。

吴老师也喜欢这个人穷志不穷的学生,为了不让阿朱感到自卑,偶尔,吴老师还让阿朱帮自己批试卷。

这天,阿朱抱了一叠作业本来到吴老师的办公室。吴老师拉着阿朱的手问:"阿朱,你星期天除了温习功课,还有别的事吗?"阿朱摇摇头。

吴老师沉吟片刻,说:"我想请你帮个忙。星期天你到董倩家去一趟,怎么样?董倩这孩子很聪明,但是太贪玩。马上就要高考了,你们在一起温习功课,可能对她是个促进。当然,如果你不愿意,老师也不勉强你。"

说实话,阿朱的确不愿意,这个董倩,平时太爱虚荣,除了打扮,几乎什么都不会。但阿朱知道,董倩的母亲和吴老师是大学同学,关系很好,看着吴老师期待的目光,阿朱还是点了点头。

到了星期天,一大早,阿朱就背着书包到董倩家去了。可回来时,她却低着个头,眼泪在眼眶里打转。是啊,人和人为什么就有那么大的差别呢?董倩买一支口红就要一百元,一双高跟鞋要四五百。可自己呢?学费拖到现在都没交,自己实在不知道该怎么向父亲开口……

阿朱眼泪汪汪地一边想着,一边走着,一直走到学校门口,才把眼泪擦干,让自己稳稳神。这时候她抬起头来,突然发现在几米远的树下,有一个熟悉的身影。是父亲来了!

阿朱的父亲正蹲在树下吸着旱烟,看到阿朱,便站起身来。

阿朱伸出胳膊挎着父亲,问:"爸,你什么时候来的?是不是等了很久了?"

父亲摇摇头,说:"我刚到,正要歇歇脚再去找你。"说着,他从怀里掏出还带着体温的五张百元钞票,让阿朱快去交学费。

阿朱都不敢问父亲这钱是怎么来的,看着父亲苍老的脸庞,阿朱的眼泪又在眼眶里打起转来。和父亲道别后,她揣起钱,飞快地跑进了学校。

第二天,阿朱早早就把父亲给她的这钱交了,然后去教室上课。没想这堂课快要结束的时候,董倩的母亲突然来了,站在教室门口,看上去怒气冲冲的样子,她要吴老师出去,说是有话要立刻对吴老师说。吴老师不知道发生了什么事,于是就安排大家自习,自己一跛一跛地走出了教室。

阿朱心里好为吴老师担心,透过窗子,她看到董倩的母亲满脸愠怒,而吴老师的神色也十分焦急,还不时朝阿朱这边看……

下课后,同学们都好奇地涌出教室去看热闹。只见吴老师把董倩母亲送走后,什么也没说,只是告诉阿朱,以后可以不必去董倩家了,现在到了冲刺阶段,希望阿朱抓紧时间好好复习。不知怎的,阿朱潜意识里觉得吴老师这番话可能和刚才董倩妈妈来找她有关。可到底是什么关系呢,她又实在不明白。

过了几天,这天,吴老师让阿朱下课后把同学们的作业本送到她办公室去,可阿朱去的时候,吴老师却不在。阿朱把本子放到吴老师办公桌上,转身要走,突然发现墙角地上有一百元钱。阿朱的心立刻"怦怦怦"地跳起来:一百元,够两个多月的伙食费了呀!

她伸手将一百元钱从地上捡起来,发现这时候自己的手竟抖得厉害。她心里一动,想了想,一伸手,把钱放到了吴老师的办公桌上……

令人窒息的高考终于结束了,阿朱顺利地考上了大学。阿朱报的是师范大学,因为读师范省钱,还因为阿朱一直想做一个像吴老师那样的老师,她想帮助更多像她一样贫困的同学,让他们都能走进大学的校门。

阿朱读大学的钱,对于她的这个家来说,简直就是天文数字。但幸运的是,因为品学兼优,阿朱得到了社会上好心人的资助,一项帮助贫困大学生的"阳光工程",让阿朱获得了七千元奖学金。

升学前的这整整一个暑假,阿朱一直沉浸在兴奋之中,她每天帮父亲下地干完活儿,晚上就坐在灯下纳鞋底,她要亲手做一双千层底的布鞋送给吴老师,这是她在心里藏了三年的秘密,现在终于有了实施的时间。所以,当缝针一次又一次扎着她手的时候,她一点儿都不觉得疼,每扎一针,她就觉得自己的心和吴老师贴近了一步。听老人们说,千层底的布鞋能保佑好人一生平安,阿朱希望吴老师一生平平安安。

给吴老师的鞋终于做成了的时候,阿朱崭新的大学生活也马上就要开始了,阿朱双手捧着沉甸甸的千层底布鞋,去学校找吴老师。站在吴老师的办公室门前,阿朱既兴奋又忐忑不安。

阿朱正要敲门,忽然听到里面传出一阵激烈的争执声,只听一个男老师说:"为什么要让阿朱拿助学金?我看她根本不配。你这样袒护她,其实是害她。不管她是不是偷了五百元钱,但起码有很大的嫌疑。你这是在姑息养奸,迟早会后悔的。"

阿朱一下子惊呆了,头上像挨了一闷棍。谁丢了五百元?怎么怀疑到自己头上了?接下来吴老师又说了什么,她一句也没听清。她突然想到了那次来吴老师办公室交作业本时,在墙角的地上看到的一百元钱,难道那是吴老师在试探自己?

阿珠觉得自己的心像被狠狠捅了一刀,她把手里捧着的鞋往门口一放,哭着跑开了。难道因为穷就一定会拿别人的钱吗?难道考验穷学生,就一定得用这种方式吗?阿朱心里委屈极了,躲在家里哭了整整一晚……

自那以后,阿朱再没去找过吴老师。

一晃四年过去了,阿朱以优异的成绩从大学毕业,来到一所实验中学当老师。很偶然的一次,她在街上碰到高中时的同学董倩。董倩没有考上大学,毕业后就结了婚,现在孩子都两岁了。她一看到阿朱,就热情地拉阿朱去自己家坐。

闲聊了一会儿,董倩对阿朱说:"阿朱,有件事我当时做错了,很对不起你,我一直在心里骂自己。"

阿朱问:"什么事?"

董倩说:"高三那年,你帮我补课的时候,我偷偷从我妈钱包里拿了五百元,买了一双自己喜欢的高跟鞋,我妈发现钱少了,就怀疑到你的头上。我当时不敢承认是我拿的,你知道,我妈脾气暴,我怕她打我。直到毕业后,我才把这件事说出来。"

阿朱听着董倩这番述说,两只眼睛直直地看着她,心里真像打翻了的五味瓶,什么滋味都有。她终于明白,当时自己为什么会有偷五百元钱的嫌疑,原来如此。

董倩紧紧拉着阿朱的手说:"多亏了吴老师!你不知道,当时我妈非要到校长跟前去告你的状,吴老师叫她千万不要声张,自己掏出五百元钱给了我妈……唉,只要一想起这件事,我就觉得对不起你,对不起吴老师。"董倩说着,不住地流泪。

阿朱呆呆地坐在那儿,半晌没有说话。

董倩擦着眼泪,继续说:"后来,我每次看到吴老师都难过得要命。真正的贼是我啊!从那时起,我就拼命攒零花钱,半个月不吃菜。当终于攒够一百元后,我就偷偷放到吴老师办公室墙角那儿的地上。我想,吴老师看到它,准会以为是自己不小心掉的,就会把它收起来。这样,我心里才会好受些……"

阿朱不知道自己是怎么离开董倩家的,她现在想做的第一件事,就是去看吴老师。

来到母校,阿朱心里突然涌上一种特别亲切的感觉,她匆匆走进吴老师的办公室,看到吴老师正在伏案备课。吴老师闻声抬起头来,一看是阿朱来了,高兴得立刻站起身来,因为动作太快,身子趔趄了一下,差点儿跌倒,阿朱赶紧上去扶住她。

吴老师拉着阿朱的手说:"有一句话,一直没有机会对你说——谢谢你,那双千层底布鞋,舒服极了。"

阿朱看着吴老师,久久地看着,突然泪流满面。因为前不久,她从一个老同学的口中才知道:吴老师的左脚是假肢,尺码要比右脚大一码。阿朱做的千层底布鞋,吴老师其实是没法穿的,只能存在柜子里……

(叶　梓)

(题图:魏忠善)

月光下的凤尾竹

　　李经纬是湖城一中的语文老师，还兼任高三（1）班的班主任。李老师今年不到三十岁，书教得棒，对学生也和善，同学们都特别喜欢他。

　　眼看着离高考的日子越来越近了，这天晚上，像往常一样，李老师站在教室外的走廊上，向教室里行着"注目礼"——他在看学生们上自习课呢。

　　教室里静悄悄的，只听见钢笔划过作业纸的"刷刷"声，同学们都全神贯注地埋头在做课堂练习。可就在这时，李老师突然发现坐在第二排的梅婷婷，尽用直尺在捣她前面文修竹的后背，文修竹回头看她一眼，没说话，顾自回过头去做自己的练习，可梅婷婷不甘心，又扯文修竹的长辫子玩，弄得文修竹直皱眉头。

静悄悄的教室里,居然传来梅婷婷嬉皮笑脸的声音:"文小姐,你上清华、北大是打了包票的,还那么用心干吗呀?"

李老师很生气,这个梅婷婷,仗着她父亲是县委书记,从没好好把心思放在学习上,总是这里捣捣乱,那里制造点小麻烦。

李老师忍不住走进教室,对梅婷婷说:"梅婷婷,你自己不认真做练习不说,怎么还可以影响别的同学呢?你出来一下。"

同学们猜想梅婷婷被李老师这么叫出教室,免不了会挨一顿训,就纷纷朝她扮鬼脸。可是梅婷婷却根本不以为然,走到教室门口的时候,趁李老师不注意,还回头朝他们做怪样。

教室外西拐角的竹林里,凤尾竹一片葱绿。李老师把梅婷婷叫到竹林边,耐着性子语重心长地对她教育了一番,直到这节自习课下课了,才让她回教室。

可谁知梅婷婷根本没把李老师的话听进心里去,回到教室里,她发现同学们都瞪眼看着她,于是便故作神秘地说:"嘿,我发现了一个秘密!"

"什么秘密?"同学们好奇地问她。

她说:"告诉你们,李老师站在月光下的凤尾竹旁,像刘德华似的,酷毙了。"

一席话,说得同学们哄堂大笑。

马上,第二节晚自习课的上课铃响了,同学们立刻回到自己的座位上,教室里顿时恢复了宁静,大家一个个又开始埋头做起了练习,李老师背着双手,在同学们的一行行课桌间来回巡视着。

一切都很平静。

可谁知就在这个时候,竟发生了一件令谁都想不到的事情。一向不惹事的文修竹,突然回过头朝正在做作业的梅婷婷大声嚷道:"梅婷婷,你为什么老是要干扰我学习?"

梅婷婷被文修竹这突如其来的质问惊呆了,平时的伶牙俐齿这会儿全不知跑哪儿去了,只会傻傻地看着文修竹。

同学们也愣住了:文修竹平时是班里出了名的乖乖女,今天为什么突然会发这么大的火气?

在李老师的印象里,文修竹从来没有和哪个同学吵过嘴、红过脸,甚至都没和谁大声说过一句话,平时梅婷婷欺负她已经不是一回两回了,她都没说什么,怎么现在突然"怒发冲冠"了呢?

李老师觉得很奇怪,他认为这里一定有原因,于是便走到文修竹跟前,用尽量温和的口吻对她说:"梅婷婷同学已经被我批评过了,我们相信她以后不会再干扰你的学习了。"

大概文修竹还是第一次被大家的眼光聚焦吧,她满脸腓红地坐在那儿,显得有些手足无措。过了一会儿,大概是调整好了自己的情绪,只见她两眼逼视着梅婷婷,说:"李老师,我要梅婷婷同学当面向我道歉。"

李经纬一愣,想了想,轻声劝她道:"我看没有这个必要了吧?"

"不行,我一定要她当面向我道歉。"文修竹坚决地说。

这时,教室里响起了"嗡嗡"声……

有的同学悄声说:"都到毕业分手的时候了,大家同学一场,何必为这点小事把关系搞得这么僵,至于吗?"

有的同学说:"文修竹也真是不知好歹,去年春天得了贫血病,是谁大袋小盒地提着营养品去给她补血的?"

于是就有声音应和道:"就是嘛!当时梅婷婷还对文修竹开玩笑说,叫她安心补身体,反正那些东西都是她爸腐败来的,民脂民膏,取之于民,用之于民。文修竹当时还感动得直哭鼻子了呢,怎么现在说变脸就变脸了?"

这些话,李老师都听得清清楚楚,文修竹当然不会一句也听不到。被同学们这么一说,李老师也感到文修竹有点儿不近人情了,可文修竹却依然板着脸,坚持着一定要梅婷婷当面向她道歉。

　　出乎意料的是，一向吃软不吃硬的梅婷婷此刻居然让了步，她低着头坐在那儿，轻声说："文修竹同学，我错了，我向你保证，今后一定不再干扰你的学习了。"

　　梅婷婷的话刚说完，教室里立刻响起了一片掌声。李老师知道，这掌声既是对梅婷婷道歉行动的赞赏，也是对文修竹这种近乎不通情理举动的不满。

　　可出乎大家意料的是，事情还没完。

　　文修竹还是盯着梅婷婷，不依不饶地说："大家见过有坐着道歉的吗？梅婷婷，你必须站起来向我道歉。"

　　文修竹这话一出口，教室里一下子变得鸦雀无声起来，同学们都紧张地看着梅婷婷，担心她们两个人会吵起来。

　　可是梅婷婷竟然又一次做出了让步，她真的站起来，把自己刚才向文修竹说过的道歉的话，又重新说了一遍。

　　这下总该可以了吧？谁知文修竹还是气呼呼地瞪着梅婷婷，丝毫没有息事宁人的意思。

　　李老师觉得文修竹这么做实在太过分了，甚至怀疑她是不是因为学习压力太重，心理上出现了问题。他让梅婷婷坐下，然后拍拍文修竹的肩，轻声说："你出来一下，老师想和你谈谈。"

　　文修竹终于没再说什么，低着头，跟着李老师快步走出教室，来到那片竹林边。

　　这时候，月亮就像一只晶莹剔透的玉盘，如水的月光瀑布似的倾泻下来，凤尾竹在微风中"刷刷"地响，晃动的竹影应和着天籁之音婆娑起舞，李老师和文修竹这一对师生，站在月光竹影里，竟然一时无话。

　　沉默了一会儿，李老师开始严肃地批评起文修竹刚才在教室里的表现来。而文修竹呢，此时已经完全恢复了平时乖乖女的模样，低着头，咬着辫梢，一声不吭，和刚才的泼辣样子根本就是判若两人。

李老师看着站在眼前的这个女同学，关切地说："修竹，可能你心理压力太大了，希望你能够赶快卸掉包袱，轻装前进。"

文修竹抬起头，乌亮的大眼睛直瞪着李老师，说："李老师，你是不是怀疑我精神有毛病？"

李老师赶忙辩解："傻丫头，我是那个意思吗？"

文修竹一听，眨眨大眼睛，一噘小嘴说："这还差不多。李老师，你还有什么教诲吗？如果没有，我回教室里去向梅婷婷道歉了。"

李老师没想到文修竹的态度会变化得这么快，他摇摇头，感叹着说："你们这些女孩子啊，一会儿恼，一会儿好，真叫人猜不透你们心里到底是怎么想的。"

文修竹抿嘴一笑，说："那你就别猜呗！"说完，"噔噔噔"地就往教室跑去，那轻盈的身姿，就像一只从月宫里下凡的玉兔。

这段小插曲，很快就被紧张的应考生活冲淡了，大家甚至都来不及关心梅婷婷和文修竹后来究竟和好了没有，一个个都埋头于自己的复习迎考之中。

"黑色的七月"终于过去了，除梅婷婷名落孙山外，高三(1)班其他同学大获全胜，考入清华、北大的不乏其人，文修竹就是其中一个。不过梅婷婷将来的路早有人替她铺好了，同学们还没到大学报到，她已经去上班了。想着全班同学都能"各得其所"，李老师笑得合不拢嘴。

一晃，十年过去了，时间真是过得快啊！十年之后，高三(1)班的同学们都在社会上有了一席之地：梅婷婷当上了县里最年轻的副县长，文修竹也在美国读完了博士学位……

这一天，已经步入中年的李老师接到一个来自美国的电话，是文修竹打给他的。

电话里，文修竹问李老师："李老师，你还记得十年前的那个晚上吗？"

"十年前？"李老师犹疑着问。

"对，就是那个明月朗朗的晚上，在我们教室外西拐角上的竹林边。"

"竹林边？"李老师脑子里一头雾水。他向来喜欢在那里找同学谈话，所以此刻文修竹提起竹林边，他一时根本想不起来是怎么回事。

只听文修竹在电话那头轻轻笑着，说："李老师，就是我非要梅婷婷向我道歉的那个晚上呀！"

"哦！"李老师说，"那天的事啊，我怎么会不记得？我一直琢磨不透你当初到底是为什么呢？"

文修竹沉默了会儿，说："李老师，现在我给你解开那个疑团吧。或许是因为我从小就没有父亲的缘故，做了你的学生之后，我对你从敬重、依恋，到有了一种说不清的特别的感情，但我拼命告诫自己，这是不现实的，我不能给你的家庭生活带来一丝动荡。就这样过了三年，一直到毕业前夕，想着自己马上就要从你身边远走高飞了，可还从来没有听你跟我说一句悄悄话呢，我心里突然觉得很伤感。那天晚上，我看见你找不守纪律的梅婷婷谈话，就决定演一场蛮不讲理的戏，我就是想让你把我叫出去，和我说说话。后来，在月光下的竹林边，你叫我'修竹'，叫我'傻丫头'，你不知道，我当时幸福得都快晕过去了。李老师，我就是想用那种方式，来给我少女的初恋做一个了结……"

文修竹平静地说着这番话，可是李老师握着话筒的手却微微颤抖起来……

放下电话后，李老师不由想到了梅婷婷：这个文修竹，出了这么个主意，让梅婷婷受了多大的委屈啊，自己这个当老师的，得替文修竹向她道个歉。

电视台每天播出县里的电视新闻，里面总少不了梅婷婷一副"先天下之忧而忧"的严肃面容,李老师常常对着这些画面发笑,感慨当年的这个小梅婷婷,现在居然成了县里一本正经的大人物了。

在县长宽敞气派的办公室里,梅婷婷亲热地叫着当年的老师。可谁想,当李老师直截了当向她说明来意后,她竟朗声"咯咯咯"地笑了起来。

梅婷婷对李老师说:"李老师,你不用道歉的,其实,当时这件事本身就是我一手策划的。我和修竹是好朋友,我知道她的心事。"

梅婷婷说这番话的时候,靠在黑黝黝的皮沙发上,眼睛里充满着无限深情,仿佛一下子就沉浸到了十年前的往事之中,她嘴里不住地喃喃道:"年轻真好,年轻真好⋯⋯"

此刻,梅婷婷的脸上浮起了李老师久违了的当年十分调皮的神情,一如十年前的那个假小子。李老师的耳边,仿佛又响起了月光下凤尾竹在微风中发出的"刷刷"声⋯⋯

(杨 格)

(题图:魏忠善)

讲

究

　　大学新生入学,302 寝室里住进了八位女生,每人一报生日,竟都是同庚,于是便有了从大姐到八妹的排序。

　　不久,大姐王玲的老爸来看女儿,搬来一个水果箱,打开后,里面是十六个硕大红艳的苹果,每个足有半斤重,且个头儿极齐整。

　　王玲把苹果在桌上一字儿摆开,让大家细看。众姐妹刚凑上去瞧,就乐了! 为啥? 原来每个苹果上还有一个字,合在一起是:八人团结紧紧的,试看天下能怎的! 大家看得简直笑痛了肚子,整幢楼都能听到她们八姐妹的笑声。

　　王玲得意地告诉姐妹们说,家里承包了果园,入夏时她老爸就让果农选出十六个苹果,在每个苹果的阳面贴上一个字或标点符号,秋阳照,霜露打,于是便有了现在这般效果。这是老爸早就给王玲准备的考上大学的贺礼。

五妹张燕是辽宁铁岭来的,跟赵本山是老乡,她故意学着笑星的语气,对王玲的老爸说:"哎哟妈呀王叔,您老可真讲究啊!"

"讲究"一词,从此便成了302室的专用词语,整天挂在八姐妹的嘴上。

第二个来讲究的,是三姐吴霞的妈妈,她带来了八件针织衫,穿在八姐妹身上合体不说,八种颜色还件件不重样,八个姑娘一齐出去,绝对是"赤橙黄绿青蓝紫,谁持彩练当空舞"的效果。

吴霞说,她妈妈在针织厂当厂长,这点儿讲究,小菜一碟。

年底的时候,二姐李韵的家里来了"钦差",是她爸爸单位里的秘书,坐着小轿车来的,送给大家的礼物是每人一个皮挎包。女孩子挎在肩上,可装化妆品,也可装书本文具,款式新颖却不张扬,做工选料极其精致,只是都是清一色的棕色。

但细看,就发现了讲究,也是非比寻常。原来,每只挎包盖面上都压印了一朵花,或腊梅或秋菊,总之八花绽放,各不相同。

每有家长来,默不作声地静坐一旁的,是七妹赵小穗,别人喊她、笑着去接礼物,而她总是往后躲,直到最后一个了,才羞涩地笑着上前。所以,分到她手上的苹果,便只剩了两个标点符号;落到她肩上的挎包,则印着扶桑花。

扶桑花是什么意思?有人说扶桑的老家在日本,扶桑花又叫断头花,因为扶桑的"桑"与伤心的"伤"同音,不吉利,便都躲着不愿拿它。可赵小穗从不计较这些,每次在姐妹们的笑语喧哗中接过礼物,嘴里还一再说"谢"。别的姐妹们都在乐着闹着的时候,她总是默默无言地沏一杯热茶送到客人面前,还给递上一块热乎乎的毛巾。

平时,寝室里的热水几乎都是赵小穗去打来,扫地擦桌的活儿也是她干得最多,大家对她的勤快似乎已习以为常。大家还知道她的家在山区乡下,因为穷,她没有手机,连电话都很少往家里打,便也没把她的那一份讲究挂在心上。

一个学期很快过去,放寒假了;到众姐妹兴高采烈再聚一起的时候,已经有了春天的气息。

那一晚,赵小穗打开旅行袋,在每人床头放了一小塑料袋葵花籽,说:"大家尝尝我家乡的东西,是我妈我爸自己种的,没用一点儿农药和化肥,百分之百的绿色食品。"

葵花籽平常,可赵小穗送给大家的就不平常了,是剥了皮的仁儿,一颗颗都那么饱满,那么均匀,熟得正是火候,而又没有一颗碎裂,寝室里溢满了别样的焦香。

二姐李韵拈起一颗在眼前看,说:"葵花籽嘛,要的就是嗑时的那份情趣,怎么还剥了? 是机器剥的吧?"

赵小穗说:"我爸说,大家功课都挺忙,嗑完还要打扫瓜子皮,就一颗颗替大家剥了。不过请放心,每次剥之前,我爸都仔细洗过手,比闹'非典'时的洗手过程都规范严格呢。"

大姐王玲一听,顿时惊叹起来:"我的天! 这一袋足有一斤多,每人一袋,八个人就是十来斤。这可都是仁儿呀,那得剥多少时候? 你爸不干别的活儿啦?"

赵小穗目光暗了下来,低声说:"前年,为采石场排哑炮时,我爸被炸伤了,他出不了屋,地里的活儿都是我妈一个人干的。"

三姐吴霞着急地问:"大叔伤在哪儿?"

赵小穗说:"两条腿都被炸没了,胳膊……也只剩了一条。"

寝室里立刻静了下来,姐妹们眼睛里都噙着泪花:只有一条胳膊一只手的人啊,蜷在炕上,而且那不是剥,而是捏,一颗,一颗,又一颗……

五妹张燕再没了笑星般的幽默,哑着嗓子说:"小穗,你不应该让大叔……这么讲究……"

赵小穗喃喃道:"我给家里写信,讲了咱们寝室的故事。我爸说,别人家的姑娘是爸妈的心肝儿,我家的闺女也是爹娘的宝贝……"

那一夜,爱说爱笑的姐妹们都不再说话,寝室里静静的,久久弥漫着葵花籽的焦香。

夜很深很深的时候,八姐妹谁也没有睡着。

大姐王玲在黑暗中说:"我是大姐,提个建议,往后,都别让父母再为咱们讲究了。大家说,行吗?"

(**作者**:孙春平;**推荐者**:金 金)

(**题图**:魏忠善)

初谙世事

世事不断改变,青春不停燃烧,我们总有一天也会迎来自己精彩的未来。

四年一次的生日

星期天,是姗姗十三岁生日,她特别兴奋,因为爸爸晚上要回来,姗姗已经快四年没有见到爸爸的面了。

爸爸要回来的事儿,妈妈没有告诉姗姗,是姗姗自己偷听来的。

一个星期前的那天夜里,爸爸突然打电话回来,妈妈以为姗姗睡着了,可其实姗姗一听到电话铃就醒了。她竖起耳朵听,听到妈妈对着电话那头在说:"我知道你惦着姗姗的生日,姗姗也天天想着你,你要回就回吧。今年家门前的树早早就开了花,是个好兆头。"

一听爸爸惦着自己的生日,姗姗真是快活死了,从这一刻起,她就盼着星期天快点儿到,盼着能早点见到爸爸。

一个星期总算过去了。

星期天一大早，妈妈才走了没一会儿，住在楼下的居委会主任古奶奶就来敲姗姗家的门了，问姗姗家里有没有小锅铲能借给她用一下。可古奶奶拿了锅铲又不马上走，在屋里看来看去，问姗姗："你妈怎么不在家？"

姗姗说："快餐店今天人手紧，她加班去了。"

"大星期天的，把你一个人扔在家里啦？唉……"古奶奶一边摇头，一边往外走。

走到门口，她忽然又转过身来问姗姗："你爸……一直没消息？"

"啊？"因为要说瞎话，姗姗的脸有点红，"没有，一点儿也没有。"

"是吗？唉，你爸也真是……"古奶奶叹息着看了姗姗一眼，走了。

古奶奶一走，姗姗关上门就哭。四年前那可怕的一幕，姗姗现在还记得清清楚楚，就像昨天刚刚发生一样。

那天姗姗过九岁生日，刚好也是个星期天，一家三口一起动手，准备生日午宴。正说说笑笑的时候，电话铃响了，姗姗跑过去接，是一个陌生阿姨打来的，口气很急，也没说她是谁，就说要找爸爸。可谁知爸爸接了那个电话后神情就变得慌慌张张的，急急忙忙收拾东西要走。妈妈开始哭起来，姗姗吓傻了。

爸爸没走多一会儿，楼下就传来了警车的声音。姗姗家里突然进来好多警察，他们一脸严肃，说爸爸犯了什么罪，检察部门已经立案侦查，随后便开始在屋里搜查起来。

就是从那一天起，姗姗就再也没有见到过爸爸，家里的生活完全变了样，妈妈整天板着脸，还在电话里跟姥姥和小姨说："闹不好他把钱都给了那个骚货，要不，那骚货哪来的钱买本田车？"

姗姗不知道爸爸身上到底发生了什么，她只知道四年过去了,爸爸今天终于要回来了,能见到爸爸,姗姗就觉得高兴。姗姗本以为妈妈今天会在家里和她一起准备迎接爸爸,可谁知妈妈却比往常上班走得还早。

刚才,就在妈妈要出门的时候,姗姗忍不住大声叫起来:"妈妈,你为什么不留在家里等爸爸?"

妈妈不觉愣了愣,对姗姗说:"谁跟你说爸爸今天要回来的?"

姗姗见妈妈不对自己说实话,很不高兴,嘴一撇,说:"我听到爸爸给你打电话了。"

妈妈的脸上立刻有些惊慌,摆摆手说:"别乱说,不然爸爸再也不会回来了。姗姗,妈不去上班就要被开除,妈找到这份工作不容易啊。"

姗姗不相信妈妈的话,她觉得,是妈妈不想见爸爸。

后来妈妈走了,姗姗伤心地哭啊哭,哭了一会儿,门铃又响了,打开门,姗姗看到了一个陌生女人。

也不知道为什么,这女人一出现在门口,姗姗就觉得她一定就是妈妈在给姥姥和小姨电话里提到的那个"骚货"。否则,怎么爸爸说要回来,她就也找上门来了呢?

果然,女人隔着防盗门轻声对姗姗说:"我是你爸爸的朋友,跟他约好了,在家里见面的。"

姗姗才不想让她进屋呢,可是女人赖在门口不走。

怎么办? 姗姗犹豫了一会儿,决定给妈妈打个电话问问。

没想妈妈在电话那一头听了,一点儿也不惊奇,竟然说:"既然是跟爸爸约好的,那就让她进屋吧。"随后就把电话挂了。

没办法,姗姗只好开门让她进来。

那女人有点紧张,进屋之前,一个劲儿地朝走廊两头看。进屋后,她看到摆在桌上的蛋糕,上面还有"祝姗姗 13 岁生日快乐"的字样,愣了一下,从头上取下一只发卡,对姗姗说:"对不起,姗姗,阿姨不知道你今天过生日。这个发卡,就算是我送给你的礼物吧,祝你生日快乐!"说完,她把发卡别在姗姗头上。

女人陪了姗姗整整一天。

到吃晚饭的时候,姗姗怎么也不肯先吃,女人就劝她说:"你一定饿了,还是先吃点儿吧。"

可是姗姗不肯:"不,我想等爸爸回来一起吃。"

女人说:"他可能回来得很晚,而且……"她突然打住了口,没再往下说。

姗姗警觉地追问:"你说什么? 什么'而且'?"

"没……没什么,"女人支吾着,"好像……你爸爸是因为你过生日才决定回来的,是吗?"

"那当然。"姗姗有些得意。

忽然,一个念头在她脑子里一闪:我为什么不也问问她呢?"那……你为什么要见我爸爸?"姗姗开口道。

女人似乎显得有些意外,思忖着说:"我……我不知道该怎么回答你这个问题。我的答案,对一个十三岁的孩子来说,很可能是不适合的。"

姗姗平时最讨厌的,就是大人觉得她是个什么都不懂的孩子,现在看着女人这神情,姗姗突然冒出了要报复她的念头。"怎么样,本田车开得挺舒服吧?"姗姗出其不意地说了一句,连她自己也不知道怎么会这么说的。

那女人脸上的表情显得极不自然,不过这只是一瞬间的事,很快,她就恢复了常态,答非所问地和姗姗说起了别的话题。

不知不觉中,墙上的挂钟已经指向了晚上十点。这个时候,对姗姗来说,绝不仅仅是饿的问题,她已是'人困马乏'了。而那个女人非但毫无睡意,还愈发兴奋起来,并且一点没了先前那种紧张样子。

姗姗可不行,坐在沙发上终于睡着了,她做了一个噩梦,似乎有人在打架，当被吓醒之后，她发现眼前的情景并不比噩梦强到哪儿去——房门大开着，爸爸已经回来了，就站在她面前，而那个女人就站在爸爸边上，正用手铐铐着爸爸的两只手。

爸爸似乎对此全然不顾，两只眼睛呆呆地望着姗姗。这时候外面又冲进来好几个警察，推推搡搡地把爸爸带走了。

姗姗不知道究竟发生了什么，立刻哭着跌跌撞撞地追了上去。

看到姗姗伤心的样子，爸爸生气了，他扭着脖子质问女人："你们抓就抓，干吗非要当着孩子的面儿？"

女人说："我们也不想这样。可你实在太狡猾了，没办法，只有这样才能确保万无一失。"

见警察要把爸爸带下楼去，姗姗抓住了那个女人的裤子，哭着喊道："我妈就要回来了，你是我爸爸的女朋友，怎么也得让他们见上一面呀？"

女人忍不住叹了口气，说："孩子，首先，我是警察，不是你爸爸的女朋友，你爸爸的女朋友因为向罪犯通风报信和窝藏赃物，已经被公安机关抓起来了。至于你妈妈……"

说到这儿，不知为什么，她把目光转向了姗姗的爸爸。

这一刻，爸爸难过地低下了头，对姗姗说："别费心思了，孩子，你妈根本就不想……她不会来见我的……"

"这不可能……"姗姗大喊道，"这不可能，爸爸，你糊涂了……"

"姗姗，爸爸一点儿也没糊涂，"爸爸哭了，"你怎么不想想呀，你妈妈要是想见我，怎么会向警察报告呢？要知道，我要回来的事，只跟你妈一个人讲过……"

（宋毓建）

（题图：杨宏富）

救了一头驴

　　明雪是个初三学生，人聪明，书也读得好。他家住在铁路边的一个小镇上，爹是铁路上巡道的工人。

　　那天，沙尘暴刚弱了些，明雪爹身体还没好利索，一大老早就急着要去巡道。爹对明雪娘说："我有病没啥，可铁路不能有病，提速车每小时一百二十公里，转眼就到，马虎不得。"

　　娘不放心，让明雪跟着，爹不要，爹对明雪说："别耽误了你功课，爹能行。"

　　可娘不放心，明雪也不放心，所以还是坚持和爹一起去了。

　　这时候，天还没亮，风还在刮，一路上，明雪左手提着信号灯，右手握着道锤，他爹就凭着明雪用道锤敲击铁轨的声音，来判断路上有没有故障。

查了一段路，刚走出隧道口，忽然，爹看见铁轨上横着个黑乎乎的家伙，明雪打着手电一照，发现原来是一头不大的驴子。

爹对明雪说："坏了，谁家的驴子滚坡了，一会儿就有趟车过来，明雪，咱们得赶快把驴子掀下铁轨去。"

谁知爹话音刚落，那驴子竟一骨碌站起身子来了，明雪一看，天哪，它是活的呀！明雪那个高兴劲儿就别提了，急忙和爹一起赶起驴子来。

可令人恼火的是，那头驴任明雪父子俩怎么赶也不肯下铁轨。你赶，它就顺着铁轨朝远处跑；你停，它就又顺着铁轨跑回来。

这一来，父子俩可恼火了。

正想着怎么办呢，这时候只见那驴子突然奔过来，一下叼起明雪爹甩在地上的工具兜，竟径直下铁轨往北跑去。

这真是天大的怪事，驴子叼走工具兜，它要干什么去呢？

就在这时，一列火车"轰隆轰隆"地开过来了。火车过后，明雪爹说工具兜不能丢，让明雪去追，明雪应了一声，便迎头追了上去。

一路上，那头驴子叼着工具兜一直不紧不慢地在前面跑，好像是在给明雪带路似的，明雪在后面紧追，却老也追不上它。一直到翻过了两道沙梁，这时天已经大亮了，明雪看见那头驴子在前面十几米的地方突然停了下来，把工具兜往地上一放，随后就开始用蹄子刨地上的沙……

明雪赶紧奔上去，走近了，才看清驴子刨的是一个塌了的地窝子，一半埋在沙里，一半露在外面。见驴子使劲儿地刨，明雪猜想可能里面埋着什么，四下一瞅，看到不远处有把铁锹，便拿过来也跟着刨了起来。

刨呀刨，刨了好长时间，没想竟从塌陷的地窝子里刨出个人来，看上去年龄和明雪差不多，是个半大不小的男娃，脸青紫青紫,还有一点点气。明雪赶紧把挂在身上的水壶解下来,一口一口地朝他嘴里灌水。

那男娃终于渐渐清醒过来,睁开眼,看到明雪,惊讶道:"你……你是明雪?"

明雪猛一怔。

那男娃发现明雪愣着,意识到了什么,赶紧伸手指了指驴子:"去年,也是闹沙尘暴的时候,我扛了头驴……"

被男娃这么一提醒,明雪心头怦然一动,抬眼望去,这才发现面前的这头驴子十分眼熟:黑色的皮毛,左臀上有一块脸盆大的疤痕。

"你是秦洪涛?"明雪瞪大了眼睛问男娃,又指指那驴子,"它就是你上次扛回的那头小黑驴?"

只见那男娃连连点着头,答道:"是的,是的,我就是秦洪涛,这就是我上次扛回的那头小黑驴,你看,它现在长大了。"

说起来,这还是一年前发生的事。

那些年,西北正在大搞"退牧还草"的工程,村里几乎所有的牲口都卖了。秦洪涛他爹卖了牲口后,打算进沙地种树种草,可打井、买树籽和草籽得花钱,光靠政府补助还不够,自己还得打闹一些。正好秦家有个叫文升的亲戚在镇上开着一家餐馆,前几年落魄时曾向秦家借过钱,可一直没还,前几天秦洪涛爹在街上碰到文升,文升答应还钱,所以秦洪涛爹便让秦洪涛到镇上去,找文升拿钱。

秦洪涛来到镇上,找到文升开的餐馆,进去一看,只见餐厅一角有伙人,个个伸长着脖子,正在围看着什么,于是便走了上去。

这时候,只见从人群里挤出一个老太太,捂着眼睛边走边叹气:"作孽呀,真是作孽!"

秦洪涛好奇地踮起脚,扒着人群朝里探头,见圈里有头小黑驴躺在那儿,肩上、背部、臀和腿上的毛全被剃掉了,地上立着四个桩子,小黑驴的四条腿被牢牢地捆在桩子上,离桩子两步远的地方是只铁炉子,上面正热气腾腾地烧着一壶开水。

"他们这是要干什么呀?"秦洪涛心里很疑惑。

这时,只见站在小黑驴身边一个十八九岁的后生,伸出一只脚来踢踢小黑驴的臀部,拿起粉笔在那里画了一个圈,嘴里嚷着:"这块,我就要这一块。"

挂着工号的餐馆服务员就站在他旁边,追问了一句:"不改主意了?"

那后生点点头:"不改了,就要这块。"

于是,就见那服务员走到铁炉子跟前,拿起上面烧得滚烫的开水壶,然后走回驴子身旁,举起水壶"哗"的一下就朝小黑驴臀部被画圈圈的部位浇去,小黑驴顿时痛得山崩地裂般的惨叫起来,整个身子剧烈地打着颤。

这还不算,只见服务员又用一根铁丝把小黑驴的嘴扎上,这样,它就是再怎么惨叫也发不出声音来了。那铁石心肠的服务员随后就操起刀,对准圈圈部位一刀劈了下去,只眨眼工夫,一块血淋淋的鲜嫩驴肉就到了他手上。

服务员把这块驴肉放在案板上,"嚓嚓嚓嚓"麻利地将它切成薄片,装盆端上餐桌,那几个后生食客便立刻伸手抓过驴肉,涮熟后蘸着调料吃起来……

眼看着小黑驴身遭如此大罪,秦洪涛心里痛啊,他实在看不下去了,就忍不住推开人群走上去,指着那几个后生食客说:"你们吃啥不行,非要吃这活驴肉呀?刚过了秋天,你们就卸磨杀驴了?如果一定要它死,就让它好好地死,给它一刀,眼睛一闭,由你们宰,干吗非要它受这份活罪……"说这话的时候,秦洪涛的眼睛里满是泪珠在打滚。

可是餐桌上的那几个后生根本就没把秦洪涛放在眼里,其中一个瞟了秦洪涛一眼，又扭回头去，伸手指指小黑驴，对服务员说："再给我们来一块，要肩上的。"

服务员一听，就又要去拎水壶。

这个时候，秦洪涛的肺简直要气炸了，他瞪着一双血红的眼睛，一把抢过服务员放在案板上的切肉刀，对准那四根捆驴腿的绳子一刀一刀斩了，然后弯腰一用力，把小黑驴扛到自己肩上，小黑驴身上的血水顿时就"滴滴答答"顺着他的衣服往下淌。

服务员要追上来，秦洪涛一边朝餐馆门口退，一边扯着嗓门骂："文升，你这个恶煞，我们家没有你这样的亲戚，你这个挨千刀的，你不得好死！这驴算是我买了，我们家和你的账，今天就这么结了！"

秦洪涛觉得餐馆里所有的罪孽应该都是文升造成的，他是这里的老板，如果没有他在后面撑腰，服务员哪敢自说自话这么做？

服务员见秦洪涛小小年纪居然敢张口骂老板，个个吓得不轻，都愣在那儿不敢追上来，秦洪涛于是趁机跑出了餐馆。

一路上，无论什么车什么人，一见秦洪涛身上背了头血糊糊的驴子，都一律拒载，秦洪涛只好扛着小黑驴走呀走，走了将近五十里地，没人敢搭理他，只有绿头苍蝇围着流血的小黑驴叮了一大群。后来，一直走到铁路边，幸亏遇见了明雪。明雪三两句问清了状况，二话没说，便和秦洪涛一起抬着驴去找铁路上的巡道工。明雪平时陪爹巡过道，巡道工们认识他，大伙儿都争先恐后地拿出随身带的常用药，奄奄一息的小黑驴这才因此而得救。

这一面之缘已经是一年前的事情了，想不到秦洪涛和明雪今天竟会在这里意外相逢。可秦洪涛怎么会被埋在这个地窝子里的呢？明雪觉得很奇怪，要知道，这里可是多少年来没有人烟的地方啊。

明雪禁不住问秦洪涛："这地方平时根本没有人，你来这儿干什么?"

秦洪涛抹抹满脸的沙尘,撑起身子,告诉明雪说:"你不知道,这里曾经是我的老家。我出生那年,沙子把村子埋了,村里的人都四散逃荒去了,现在国家开发大西北,退牧还草,退耕还林,大家于是就纷纷回来找老家,人进沙退,都想重建我们的村子。我和爹已经用了一年的时间,我们想把沙地向北推进……"

说到这里,秦洪涛伸手指了指南边。明雪顺着他手指的方向看去,发现远处沙丘下果真有一片新栽的胡柳,还有一眼望不到头的草格子。他知道,有了草格子,沙子再想往南去就难了。

可是明雪不明白:"你还是没有告诉我,你是怎么被埋在这里的?"

秦洪涛有点苦涩地朝明雪笑了笑,说:"刚进沙漠,没有房子住,我和我爹就挖个地窝子暂时住下来。这里还没打井,我爹昨天回家去拉水,没想夜里起了沙尘暴,地窝子塌了……不过多亏只塌了一半,还能透点气,要不,等不到你来我就没命了。"

"不不不!"明雪一听连连摇头,他走过去,深情地抚摸着黑驴,对秦洪涛说,"你最应该感谢的是这头黑驴,要不是它把我带到这里,我怎么救得了你呀? 说起来,这事可真有点儿神,你当初救了它,它现在又救了你……"

秦洪涛听着明雪这番话,看着黑驴左臀上盆大的疤痕,两行泪水流了下来……

(古京雨)

(题图:箭 中)

真实的效果

　　有一对夫妻,男的叫唐林,女的叫如云,他们有个读高三的女儿,名叫唐娜娜。娜娜平时学习成绩很不错,再有半年就要高考了,两口子对她期望很高。

　　这天,夫妻俩买汰烧忙了半天,煲了一大锅营养汤,单等娜娜回来给她补身体。可眼看外面天都黑了,娜娜还没有回来。如云焦急地对唐林说:"这孩子,今天是怎么啦?"唐林一看表,都快八点了,也坐不住了,抓起外套就要去学校看看。

　　就在这时候,"叮咚"门铃响了,夫妻俩冲过去拉开房门一看,是娜娜回来了,这才松了一口气。但他们立刻就发现了问题:娜娜身上只穿了一件薄薄的单衣,嘴唇冻得发紫,浑身抖个不停。

　　夫妻俩顿时紧张起来,如云一把抱住娜娜,慌慌张张地说:

"娜娜,出什么事儿了?你身上的羽绒服呢?"娜娜钻在妈妈怀里,半晌才挤出一句话:"衣服……衣服被人拿走了。"

"啊?"唐林和如云不约而同地惊叫起来。想想看,羽绒服好好儿的穿在身上,咋会让人拿走了呢?莫非是娜娜遭了抢劫?夫妻俩不敢往深处想。

唐林缓缓气,对娜娜说:"娜娜呀,甭怕,告诉爸爸妈妈,到底出了什么事?"

娜娜抬眼看了看爸爸,又看了看妈妈,一五一十把事情经过说了一遍。原来在放学回家的路上,娜娜和同学瞅见路边停了一辆农用车,旁边围了好些人,她们过去一问,才知道是一个乡下老大爷和他儿子一起开车来城里送面粉,因为货堆得太高,车在这里拐弯时,车上的面粉滑落下好几十袋。要重新装车,人手不够,老大爷求路人帮忙,可是他们却说如果搬一袋就要老大爷出五块钱,否则不干。老大爷哪拿得出这么多钱呀,急得搓着两只大手团团转。娜娜在旁边实在看不下去了,于是和同学两个人"呼啦"把外套一脱,就上去帮老大爷搬起来。可谁知等把好事做完,衣服不见了。

如云一听原来是这么回事,肚里的火一下子就上来了:这件羽绒服买来才不到一个星期,花了好几百元钱哩,现在说没就没了?况且平时一直关照娜娜,马上就要高考了,不是学习上的事儿,千万不要去管,今天这不是多事儿嘛!衣服丢了不说,如果早点回家,这点时间起码还可以多做几十道数学题啊!

如云忍不住要朝娜娜发火,唐林悄悄拉了她一把。唐林拍拍娜娜的肩,说:"好啦,洗洗手,赶紧吃饭吧。娜娜做了好事,咱们应该高兴才对呀!"

听了爸爸的话,娜娜的脸笑成了一朵花,她一步冲到饭桌前坐下,端起碗,一边冲着爸爸挤眼睛,一边就大口大口地吃起来。

晚上睡觉时,唐林捅捅如云,说:"花那么多钱买的衣服丢了,我能不心疼?可我就是因为吃了不做好事的亏,所以今天特别能理解娜娜。"

"你说什么?"如云惊疑地问。

唐林说:"我是怕你担心,所以没敢告诉你。前天我去公司上班,石头路那段你是知道的,早上人特别少,我骑车经过那里时,正好看到一个老头被电动车撞了。肇事者想逃,那老头死死抱住他的腿不放,见我骑车过去,就求我帮他的忙,可我当时怕上班迟到,没理睬他。哪想这老头竟是我们经理的老爹,昨天经理让我到医院去给他老爹送东西,我一去就被他认出来了。你说我难堪不难堪?懊悔不懊悔?我现在算是明白一个道理了:不管什么时候,能帮总要帮人一把,帮人家其实就是帮自己啊!"

如云听唐林这么一说,不吱声了。

可谁知,第二天傍晚,唐林和如云下班回家,两个人却惊呆了:咋也想不到,娜娜身上竟然又穿上了那件红色的羽绒外套。娜娜狡猾地朝爸爸妈妈挤眼睛,"哈哈哈"地笑弯了腰:"爸呀,妈呀,看昨天把你们吓的!告诉你们吧,我衣服根本没丢,昨天也没帮过人家什么忙。"唐林和如云糊涂了:这到底是怎么回事?

后来听娜娜一说,方才知道娜娜学校里有个同学,用零用钱去帮助一个毫不相识的人回家,结果回去之后被爸爸妈妈狠揍了一顿。事情传开以后,同学中说什么的都有,学校决定利用这个机会,在全校开展一次关于"爱的教育"的大讨论,并且向每个同学家长做一次问卷调查。为了取得真实的效果,娜娜和同学在回家的路上一路走一路开动脑筋,于是就编了这么个故事,回家测试各自的爸爸妈妈。

娜娜还在高兴地捂着嘴儿笑,可如云和唐林的心里却翻江倒海起来……

(王世超)

(题图:安玉民)

高考体检

　　梁燕是县四中的复读生，那年她作为应届生参加全国统考，分数本来上了省重点本科线的，只是因为身高一米四八，没有达到一米五零的录取标准，结果落榜了。

　　梁燕哭了整整半个月，然后又咬牙复读。她想：自己今年还只有十七岁，身体还在发育，过一年完全可以再长二厘米。

　　可问题是她家里很穷，父母连一日三餐都没法充裕地供给她，更不用说买什么营养品给她补身体了。不过梁燕很懂事，她一点儿也不气馁，她相信只要自己坚持锻炼，一样可以促进骨骼发育，所以天天坚持做引体向上。

　　可谁知大半年下来，梁燕的个子只长了四毫米。这下她急了，父母也急得团团转，一家人商量了半天，实在是拿不出什么好办法来。最后,父亲讲了句狠话:"看来,只有把你拉长了。"

说拉就拉,父母让梁燕躺在床上,双手掰住床沿,一人抓住她的一只脚,用力拉。这样拉了一个月,梁燕觉得速度太慢,于是就动起了脑筋,看到自家屋前那棵高高的梨树,眼睛一亮,爬上去抓住梨树上的枝条,要父母一人抱住她的一只脚荡秋千。

看着女儿这个样子,父母心里疼啊,可实在也没有更好的办法呀,父母迟疑了一下,就上去一人抱住她的一只脚。可还来不及荡起来呢,梁燕那两只抓梨树条的手就已经没有力气了,一松劲,她从梨树上掉下来,父母和她三个人滚成了一团。

可即便是这样,梁燕依然不泄气,穷人家的孩子心里就是憋着一股劲儿。她歇了歇,一定要再试试,于是又爬了上去,父母便像两个秤砣一样挂在她的两只脚上。这回,梁燕咬紧牙关坚持了一分钟……

一天又一天,一个月下来,小小的梁燕竟可以承受父母二百多斤的拉力,在梨树下荡好几个来回了。

这一年,梁燕的高考分数又上了省里的重点本科录取线,可揪心的是她的身高还是不到一米五零。怎么办?梁燕急得直哭。有人给梁燕父母出主意,要他们去找专门量身高的医生说说情,走走"后门"。父母一听,心想:上门去求人家,总不能空着手去,该带点东西呀。家里没有任何值钱的东西,想来想去,只有进山去捉野鸡。

可第一天进山只捉到一只小的,父亲发誓第二天非要再去捉个大的回来不可。第二天进山时,母亲要陪父亲一块儿去,梁燕送了父母很长一段路,分手时再三叮嘱他们要小心,可谁知这竟成了她和父亲的最后一面。中午,她做好了饭,正等着父母回来,谁知却传来母亲凄厉的哭喊:"小燕,你爸掉山崖里去了,怎么得了啊!"

梁燕一听,简直惊呆了。村里人闻讯立刻进山去救,当把梁燕父亲从山崖下背上来时,父亲手里紧紧抓着一只山鸡,可已经咽了最后一口气……

父亲死了,可梁燕体检这一关仍然要过啊。

今年的高考体检仍安排在县人民医院,梁燕的班主任特地去打听了,负责为同学们测量身高的,还是去年的那个马医生,就住在县医院后面的家属大院里。第二天就该轮到梁燕他们学校的同学体检了,班主任将打听来的情况告诉梁燕和她母亲,要她们务必当晚去找马医生说说情。

当天晚上,母女俩带上父亲用生命换来的山鸡,敲开了马医生家的门。马医生听梁燕说是四中的考生,二话没说就要关门。

这时候,梁燕不知哪来的勇气,硬是拉着母亲的手挤进门去,说:"马医生,我只说几句话,你让我说完了,再赶我走吧。"

马医生一脸恼怒,瞪着梁燕说:"你这个学生,怎么这样?"他皱紧了眉头,"那你快说。"

梁燕刚才在路上就把要对马医生说的话想好了,于是立刻开口道:"马医生,我去年就上了重点本科线,就因为身高的原因没有被录取,那时就是你给我量的身高,当时我悄悄踮了下脚,可是被你发现,给挡了。今年我又要从你手上过,恳求你能手下留情,让我圆了大学梦吧?"

马医生当然一口回绝,他对梁燕说:"不是我挡了你,是你的身高确实达不到标准。我作为负责这个项目体检的医生,心中只有原则,没有任何私情。你们还是赶快走吧!"

梁燕眼看自己今年的大学梦又要破灭,脸一下变得惨白。站在旁边的母亲真是看在眼里痛在心里,她哽咽着对马医生说:"马医生,咱乡下不比城里,我这孩子从小就缺吃少穿,书读得苦啊。她现在还只有十八岁,以后肯定还能长高的,就求你放她过关吧……"说着,竟一头跪倒在了地上。

马医生慌了,赶紧弯下腰,要把梁燕母亲从地上扶起来。

可母亲就是不肯,母亲说:"马医生,你答应了我才起来;你要不答应,我就一直给你跪下去。求求你了!"

这下马医生吓坏了:答应吧,实在有违原则;可不答应吧,眼下这事儿怎么了结? 看看这对母女也不是存心来闹事的,打110他实在于心不忍。

时间一分一秒地过去了,半个小时之后,梁燕妈妈真就跪在那里纹丝不动。马医生急得在房间里团团转,最后实在没办法了,长长地叹了口气,说:"你们……你们脾气怎么这么倔呢? 好吧,我答应你们。"

梁燕母亲一看马医生终于答应了,这才站起身来,连说三声"谢谢",又恭恭敬敬地给马医生鞠了个躬,然后拉起梁燕就走。

马医生指指山鸡,拦住她们说:"东西你们带回去,否则我就不帮忙了。"

梁燕愣了愣,哀求说:"马医生,我家里穷,没有什么贵重东西送给你,就这么一只山鸡,你就收下吧。"

马医生连连摇头:"你这个同学,小小年纪就来这一套? 这不好,你们不拿走,我就不帮忙。"

见马医生坚决不肯收,梁燕母女只好把山鸡又拿回家。

第二天体检,走进医院的时候,梁燕心里还是很紧张的,她故意排在队伍最后面,到终于轮到的时候,她往体重秤上一站,低声叫了声"马医生好",然后就大着胆子悄悄将脚后跟踮了起来。

谁知这时候,马医生就像不认识梁燕似的,脸上冷冰冰的一点表情都没有,梁燕刚把脚后跟踮起,马医生就沉下脸说:"这位同学,请把脚放平。"

梁燕心里一惊,没料马医生临阵变卦了,顿时感觉就像一盆冷水从头浇到脚。她一咬牙,不但没把脚放平,反而更加拼命地往上踮。

马医生火了，伸出两只手往她肩上用力一按，看了一眼标尺，说："好了，你走吧。下一位！"

马医生一边说着，一边就在梁燕的体检表格上"身高"这栏里填写起来，梁燕的泪水一下涌了出来，捂着脸，大哭着跑开了。

晚上，哭得眼睛红肿的梁燕独自一人敲开了马医生的家门。进屋后，她从口袋里掏出一个小瓶子，狠狠地盯着马医生，说："马医生，你好狠心啊！你毁了我，我不想活了，这是瓶农药，我今天就死在你家里，让你背一辈子的良心债。"

马医生大惊失色，忙劝梁燕说："你千万不要做傻事，我已经帮了你了……"

可梁燕不等马医生说完，就冷笑道："姓马的，你这人没心没肺，我死了灵魂也不会放过你。为了给你送礼，我父亲进山抓野鸡，掉进山崖活活摔死了，可你还嫌野鸡小，不肯要。我父亲的一条命，难道就换不来我那点儿身高吗？"梁燕一边说一边抹泪，越说越伤心，"我母亲一辈子不跪天、不跪地，可为了求你，给你跪了那么长时间，你难道就没有一点儿同情心吗？你……你这个家伙，简直坏透了！"说完，梁燕一把拧开手里的瓶盖子，仰头将一瓶农药往嘴巴里倒。

马医生急得一步冲上去，朝梁燕大喝道："你怎么这么傻呀？我真的没骗你，我在你的体检表上确实填的是一米五一呀！"

"什么？"梁燕听了马医生的话，赶紧一低头，将满嘴农药吐了出来，"真的？你真没骗我？"

马医生说："我真的没骗你。你想，当时你踮起脚尖，难保不会被人看见，我怎么能不把你按下去？可实际上，我在你的体检表格上填的身高是一米五一。"

马医生话音一落，梁燕的心里就"咚咚"直跳，她相信马医生此刻没有骗她，可是她不知道自己这时候是该高兴还是内疚，脸"腾"地涨得通红。

这时候，只见马医生苦笑着直摇头，说："梁燕同学，违反纪律的事我以前从来没有做过，不过这次为了圆你一个农村孩子的大学梦，我下决心做了一次，尽管没人发现，但我还是于心不安。所以，如果医院明年再抽调我参加高考体检工作的话，我肯定不会参加了。"

梁燕听马医生这么一说，心里顿时觉得很不是滋味："马医生，你是个好人，我真的很感谢你。但是我没想到会给你带来这么大的麻烦，实在对不起，请你一定原谅我。"

梁燕感到自己很对不住马医生，进了大学以后，她除了更加认真也学习，还特别注意锻炼身体，加上后来生活条件逐渐得到了改善，所以身体发育很快，一年后长到了一米五四。梁燕自己也没想到一年里自己竟能长这么多，简直太兴奋了，一放暑假，就回去看望马医生，把这个好消息告诉他。

马医生也为梁燕高兴，梁燕于是就劝马医生继续参加高考体检工作。她对马医生说："马医生，我知道你讲原则，可我与你的看法有点不一样：高考体检死死要求身高，这本身就不合理。一来，我们考生这时候都还只有十七八岁，身体正在发育；二来，我们很多农家子弟个子长得矮小是因为缺少营养，并不是只能长那么高，我就是一个例子。所以我……我还是想劝马医生继续参加体检工作，如果考生身高相差不多，就放他们过关吧，这会影响他们的一生啊！"

马医生听了梁燕这番话沉吟着，点点头，又摇摇头，什么也没说。

不过，梁燕回到学校后听老乡说，看见马医生后来仍在医院里给同学们量身高……

（吴　为）

（题图：魏忠善）

天上真的掉馅饼

有个大学生叫刘大为，大一暑假时，他没钱回山沟沟里的家，于是便像许多贫困大学生一样留下来打工，靠自己的努力为自己挣学费和生活费。

按照同学的指点，大为去报摊买了一份专门向大学生提供求职信息的《手递手》报，剪下个人信息刊登表，填好后寄回报社。过了几天，他果然顺利地找到了一份做家教的工作。

接下来的日子，大为每天上午骑着刚进学校时买的一辆二手破单车，穿过半个城区，去给那家小孩补两小时课，然后获取四十元报酬。

可没想"黄鼠狼专咬病鸭子"，大为越穷还越破财，他刚做了半个月家教，那辆破单车就被人"顺手牵羊"了。

大为心疼得不得了,对他来说,没有单车实在太不方便了,别的不说,光是去那做家教,每次往返车费就得六元钱。大为左算右算,决定还是再买一辆旧单车比较合算。想起《手递手》报上也登五花八门卖旧东西的信息,他于是就又去向同学借报纸来看。

报上有一条信息这样写着:"免费赠送单车一辆,要求受赠者是来自农村的女大学生。联系人:杨小姐。"

大为看了不觉感到奇怪:有车不卖却要送,这葫芦里在卖什么药?还特别注明要女大学生,还要来自农村,莫非设了什么圈套?

不过,"免费赠车"这四个字毕竟太有吸引力了,大为决定试试。他心想:自己堂堂七尺男儿,怕这个"杨小姐"干啥?试试总可以的嘛。于是,他按照报上登的号码,把电话打了过去。

一个十分动听悦耳的声音,从电话那头传来:"喂,你好!"

大为急忙问:"是杨小姐吗?我在《手递手》报上看到你免费赠车的信息,我……"

哪知没等大为把话说完,杨小姐就在电话那头"咯咯咯"地笑出声来:"啊,终于有人给我打电话了!"然后是着急地发问,"你是大学生?"

大为说:"当然,否则我也不会给你打电话了。不过,我不是你要求的女大学生。"

杨小姐说:"这问题不大。请告诉我,你家在农村吗?"

大为忍不住问她:"这跟赠车有什么关系?"

"当然有关系,"杨小姐固执地说,"因为这是我赠车的条件。"

"那……我告诉你,"大为说,"我的家就在农村,而且那里是一个很穷很穷的山沟沟。"

"太好了!"杨小姐竟在电话那头喊起来,"那你现在就过来吧,带上学生证和身份证,到我家来,我把车给你。"她接着就把她家的地址告诉了大为。

这么顺利就能得到一辆单车?而且这会儿,对方怎么又不在乎男生女生了?事情的发展,多少让大为心里有点志忑:这杨小姐到底是个什么样的人?

不过,这种隐隐约约的神秘感反倒让大为更加好奇了,好在学生证和身份证他是一直随身带着的,于是当即就一路找了过去。

到了那里,大为一看,杨小姐看上去比他想象中的更年轻更漂亮。杨小姐看过大为的证件之后,就把他带到储藏室,撩起一块遮尘布,大为一看,哇!是一辆八成新的女式红色山地车。

大为不由脱口道:"怪不得你要送给女生。"

"对,"杨小姐说,"我本来是想送给女生的,可我的免费赠车启事已经登出不少时间啦,就是没有一个女生来找我,所以我现在也不在乎男生女生了。我想,你骑车不会过分讲究车的男女款式吧?"

看她这样子,今天这车是真的要送人了。可大为还在疑惑:这到底是怎么回事呢?

杨小姐似乎看出了大为的心思,笑了笑,说:"你一定不相信天上真能掉馅饼吧?"

大为点点头,又突然摇摇头,想了想,犹疑地问她:"你……这车有发票吗?"

"你怀疑它的来路?"杨小姐似乎早有准备,立刻从山地车的车垫套里摸出一张发票,递给大为看,"放心吧,绝对的正宗货。"

既然如此,杨小姐为什么要将这么一辆车白白送人,而且还是送给一个素不相识的穷学生?大为心里不禁更疑惑了。

杨小姐把大为请到客厅坐下,大为发现,杨小姐此刻的神情显得有点激动。他心里猜测:看来,关于这辆山地车,一定有个不同寻常的故事。

果然，杨小姐缓缓向大为道出了其中的原由：

"我和你一样，是从穷山沟里考出来的学生。那时，我每天下午上完课后，要走五里路，到一个街心花园去给附近的人理发，靠自己的劳动来挣钱养活自己。至于理发的手艺，那还是我在老家时为村里人理发练出来的。

"记得当时有一位退休老工人，每个星期都来街心花园找我理发。起初我还以为他对我会有什么不轨之心，时间长了才知道，其实他是为了多给我一点挣钱的机会。后来，这位老工人得知我每天为了节省二元车钱，来回走这么多路来给大家理发，就毫不犹豫地掏钱给我买了这辆单车……"

杨小姐说到这里，声音有些哽咽：

"我过去从来不相信天上会掉什么馅饼，可这位老工人确确实实用他无私的关爱，给了我最温暖的人间真情。

"大学毕业后，我有了一份很好的工作，收入挺多。现在，我上班已经开着自己买的轿车了。可我实在舍不得扔掉这辆车，工作再忙，我每个星期都会仔细地保养它。

"我原本想一直把这辆车珍藏起来，可总觉得这样做好像缺少了点什么。后来，我决定要把这辆车送出去，送给一个像我当年一样需要车的来自贫困地区的学生，当然，如果是女学生就更好了。我要把老工人的这份爱心传递下去，所以……所以就有了你现在看到的那个免费赠车启事。"

原来是这样！大为恍然大悟。

骑车回校的路上，大为对自己说：我也要像杨小姐当年那样，用好这辆单车。等将来毕业工作了，再传给下一个和我现在一样需要它的人。

（张发祥　整理）

（**题图:安玉民**）

点烟的女孩

　　这年夏天,二十岁的女大学生李晓丽在一家四星级大酒店当"点烟女郎",打工挣学费。她的工作很简单,就是看到有客人掏出烟来要抽时,就微笑着迎上去为客人点烟。所以,每个点烟女郎手里都有一只精美的打火机。

　　李晓丽的服务区是一楼大堂的茶座,酒店支付给她的报酬不高,每天十元钱。不过在这里上班的那些点烟女郎告诉李晓丽,如果她的服务能让客人满意,客人们就会塞给她五元、十元的小费。

　　李晓丽刚来酒店两天,给客人点烟的时候很害羞,有时候再加上紧张,手上的火苗烧疼了客人的手,所以她不但拿不到什么小费,还挨了客人不少骂。为了给自己挣学费,李晓丽只好硬把泪水往肚里咽。

这天下午,李晓丽穿着一身天蓝色的旗袍,在茶座上班。旗袍是酒店配发的工装,穿在李晓丽身上,尽显窈窕的身段和迷人的曲线,她站在那儿,笑吟吟地注视着茶座里的每一位客人,单这模样,就给茶座平添了一道亮丽的风景。

大约四点钟的时候,一个三十岁左右的青年男子出现在李晓丽的视线里。那青年男子肩上背了一个黑色旅行包,走进茶座后,在一张沙发上坐了下来,把旅行包往旁边一放,一边抬腕看手表,一边手就伸进衣袋里摸索着。

李晓丽急忙掏出打火机迎上去,很有礼貌地问道:"先生,我能为您点烟吗?"

那青年男子一愣,瞅了瞅李晓丽手上亮晶晶的打火机,伸进衣袋里的手却迟迟不动。

这位客人不是在掏烟?李晓丽发现自己判断错了,有点不好意思,就想要向他说声"对不起"。

可就在这时,青年男子却从衣袋里把烟掏出来了,问李晓丽:"你有火柴吗?"

"火柴?"李晓丽一愣。

酒店配发给点烟女郎的都是高档打火机,李晓丽不明白这位客人为什么非要用火柴点烟。她问青年男子:"先生,我没有火柴。不过我想,我用打火机不是一样能为您把烟点上吗?"

青年男子听了李晓丽的话后只是盯着她看了一眼,不说话,憔悴的脸上透着一缕阴郁的神情。

这时候,经过这里的大堂经理正好听到李晓丽和客人的对话,便把李晓丽叫过去,对她说:"记住,顾客是我们酒店的上帝,上帝的要求一定要满足。你赶快去客房部,领几包火柴过来。"

李晓丽点点头,于是就匆匆向酒店楼上的客房部走去。

等她从客房部领了火柴下楼,回到茶座,发现那青年男子的对面,正坐着一个漂亮的年轻女人。这女人李晓丽两天前曾经见过一面,听说她以前也做过点烟女郎,而且还专门用火柴为客人点烟,后来干上了靠姿色赚钱的行当,在酒店包了一间客房,然后常常来茶座与那些喜欢女色的男客搭讪,把他们勾引到她房间里去。

难道这女人今天看中了这个要求用火柴点烟的古怪男子?

果然,年轻女人开始了行动。她从小坤包里掏出一支细长的香烟,问青年男子:"先生,我想抽支烟,可以吗?"

见青年男子点头,年轻女人就又从坤包里摸出一盒火柴,抽出一根,"哧"地划燃。但她没有立即用它来点烟,而是把它夹在手指间,然后朝青年男子嫣然一笑:"先生,我们女人抽的烟味道很独特,你要不要也来一支?"

青年男子朝她摇摇头:"我自己有。"说着,他把他自己手里拿的烟在女人眼前晃了晃。

年轻女人的眼睛里立刻掠过一丝兴奋,起身把刚才点燃的火柴伸到青年男子面前,哆哆地说:"先生不抽别人的烟,警惕性真是很高呀!不过,我这根火柴应该没什么问题的吧?"

李晓丽很看不惯这个女人的媚态,这时候,她忍不住也"哧"地划燃了一根火柴,走到青年男子身边,轻声说:"先生,您要的火柴来了,现在我能为您点烟吗?"

两根火柴都点燃着,青年男子的脸立刻沉了下来。他把手里的烟塞进口袋,说:"算了,我嗓子上火,不抽了。"

年轻女人手里夹着的火柴这时候差不多已经燃到了尽头,连她自己那支细长的烟也没来得及点上,她于是就凑到李晓丽跟前,借李晓丽手里燃着的火柴把细长烟点上,猛抽了一口,随后从挎包里摸出十元钱丢给李晓丽,说:"小姐,谢谢你,你可以去别处招呼客人了。"

李晓丽见女人对自己这么盛气凌人,心里对她更加反感。她把钞票往茶桌上一放,对女人说:"谢谢你的好意,这根火柴本来是点给这位先生的，所以你的小费我不能收。"说完，转身就走。

"哼!"年轻女人一把将钞票收起来，冲着李晓丽的背影直撇嘴。

这时候，青年男子突然问她："你经常用火柴点烟?"

年轻女人一听，赶紧扭着屁股挪到青年男子身边，说："是呀，先生，火柴是一种奇妙的东西，燃烧的时候，就像……就像你我之间的激情……不知道先生想不想到我房间去?"

青年男子脸上的肌肉顿时抽搐了一下，犹疑片刻，低声说："好吧，你先回房间，我随后就到。"

年轻女人想不到"猎物"这么快就被自己捕获到了，真是惊喜万分，她喜滋滋地给青年男子留下了自己的房间号，然后就扭着屁股离开了茶座。

李晓丽一直在不远处看着他们，她从年轻女人兴奋的表情上判断，这位青年男子已经上了她的钩，心里不由叹息了一声：唉，怎么男人可以这样?

但是，年轻女人上楼已经有十多分钟了，那青年男子却坐着不动，似乎并没有要马上上楼的意思，他的眼光不时地向站在不远处的李晓丽身上瞟。过了好久，他终于站了起来，背上他的黑色旅行包，向茶座出口走去。

走过李晓丽身边的时候，他对李晓丽说："小姐，我想请你给我点上一支烟，可以吗?"

说实话，李晓丽心里对这种男人非常厌恶，但人家是客人，客人就是上帝，她不得不掏出从客房部领来的火柴，抽出一根，划燃了，递过去。

可她怎么也没有料到，这青年男子不但夺过她手里划燃了的火柴，把它扔到地上，还把她手里的一整盒火柴都抢了过去，把里面的火柴一根根全抽出来掐断了。

李晓丽吃惊地问："先生，您……您……刚才不是您说要我用火柴为您点烟的吗?"

青年男子冷着脸,突然又从口袋里掏出一支烟,几乎是用命令的口气对李晓丽说:"请你用打火机为我把这支烟点上!"

李晓丽被青年男子的怪异举动弄得晕头转向,她从来没有碰到过如此变化无常的人,委屈得眼泪直在眼眶里打转。可是没办法,谁让她是一个点烟女郎呢?她只得照着青年男子的话做,用打火机为他把烟点上。

只见青年男子深深地吸了口烟,然后从口袋里掏出一张百元面额的钞票,递给李晓丽,说:"记住我的话。以后,永远不要用火柴为男人点烟。"

"先生,您……"李晓丽实在吃不准这个青年男子到底想干什么,她捏着钞票,惶惶然不知所措。

而那个青年男子,在重重地吐出了一口烟圈之后,把剩下的大半支香烟往身边茶桌上的烟灰缸里一扔,随后就一言不发地走出茶座,向开往楼上的电梯间走去。

李晓丽站在那里,傻傻地看着青年男子的背影发愣,莫名其妙地突然得到这么多小费,反倒让她心里忐忑不安。

这时候,一个叫小张的点烟女郎走过来,推推她,打趣说:"晓丽,这个男人出手真够大方的,点支烟就付一百块?看来,楼上那个女人今天的油水也不会少。你别愣着了,他敢给,你就敢拿。不过,今天下班你要请客啊!"

"可是……"李晓丽看看手里的钞票说,"这个人也太古怪了,开始的时候,他要我用火柴为他点烟,可等我把火柴拿来了,他却要让我用打火机给他点,你说这人怪不怪?"

小张一听,一把拉住李晓丽的手说:"哎呀,你刚来这里打工,不知道行里的真情。你听我说,用火柴点烟是那些风骚女人与坏男人之间的暗语。如果一个坏男人问你能不能用火柴为他点烟,就是问你愿不愿意跟他去开房间;如果你用火柴给男人点上了香烟,就表示你邀他去你房间。"

"什么?"李晓丽一听,吓出一身冷汗,想起自己刚才还特地去拿火柴为那个青年男子点烟,她顿时觉得遭受了莫大的侮辱。

李晓丽狠狠地朝手上捏着的钞票"呸呸呸"连吐了几下,撒腿就朝电梯那里跑,她要到楼上去,把钞票退还给那个家伙,讨回自己的尊严。

可是,电梯刚到八楼,打开门,李晓丽就听到楼道里传来刺耳的警铃声,只见走廊尽头一个房间的门缝里,冒出一股股浓烟,四五个保安员提着灭火器冲过去,"咚"地一脚把房门踹开了……

李晓丽惊呆了:那女人在酒店包的,正是那个房间;而青年男子,此刻应该就在那个房间里。

两天后,报纸上刊登了一篇报道:《引"火"烧身的悲剧》。说某电脑公司有一位年轻的经理,一次到某酒店消费,结识了一位用火柴为她点烟的女子,经不住女子的诱惑,鬼混之后染上了艾滋病毒。后来,经理发誓要报复这个女子,可女子早已离开了酒店;绝望之下,他把复仇的目标锁定了在酒店里专门用火柴为男人点烟的女子。他把一壶汽油装进黑色挎包,进入一个风骚女子的包房,随后在房间里浇上汽油,用风骚女子的火柴,点燃了房间里熊熊大火……

"我的天啊!"李晓丽看完文章,眼前立刻跳出那个青年男子怪异的脸庞,额头上不禁惊出一层冷汗。她想起了这青年男子对她说过的话:"以后,永远不要用火柴为男人点烟。"

当晚,李晓丽把青年男子给她的那一百元小费,送给了街头一个流浪的乞丐。她发誓:这辈子宁愿饿死,也再不去打这份工了。

（刘金涛）

（题图：安玉民）

木盆村长

师范学院美术系的学生小陶，毕业前夕到大山深处的石壁村写生。那儿一年四季山清水秀，民风古朴，山民们男的头上戴着小草帽，女的颈上扎着花头巾，放眼望去，小陶觉得这里简直时时处处都有画画的好素材。

小陶借住在村主任饶叔家，这天，他想请饶叔找位山民带他进山去写生，他刚跟饶叔开口，恰巧这时候来了个电话找饶叔。

饶叔听了会儿，对着电话那头说："是是是，是我工作没做好，拖了全乡的后腿，我这就去催……"他放下电话，愣了会儿，随后从墙上取下三顶小草帽，一顶一顶往自己头上戴。

小陶心里不由纳闷：虽然听说这里有男的出门戴草帽的习俗，可也没见有一次扣三顶的呀？他忍不住问："饶叔，您这是……"

饶叔苦笑了一下,对小陶说:"你还是个学生娃,不懂这事儿。对了,你刚才是说要个向导? 就让我家那小子给你带路吧。"说着,饶叔把自己最小的儿子叫来,如此这般一吩咐,然后自己就先走了。

望着他匆匆远去的背影,小陶心里涌上了一个大大的谜团。

第二天,小陶又要进山,出门前,他有意留心饶叔的举动。真是不瞧不知道,一瞧吓一跳:这天,明明外面艳阳高照,蓝天上没有一丝云彩,可饶叔出门时竟戴上了一顶厚厚的斗笠。

小陶忍不住打趣道:"饶叔,您求雨去呀?"

谁知饶叔依旧是那句话:"你还是个学生娃,不懂这事儿。"

这一来,小陶心里的谜团更大了。

一个星期后,这天中午,饶叔又是在接了电话后匆匆出的门,他那模样,简直让小陶惊呆了:头上倒顶着一只家里人洗脚用的小木盆,盆壁的一边,上面还挖了两个小圆洞,就像面具上那一对方便看路的"眼睛"。

小陶忍不住问饶叔:"饶叔,您这是演的哪出戏啊? 您身为一村之长,这样出去像个啥?"

小陶笑痛了肚子,可饶叔却反而一脸哭相。小陶猜不透饶叔有什么难言之隐,但出于专业敏感,他立刻悄悄拿出画笔和速写本,将饶叔这副奇怪的模样写生下来。

十多天的假期很快就结束了,小陶回到城里,作为这次写生的成果,他把石壁人戴木盆的速写,送去参加市里的美术展览。

不久之后,小陶大学毕业参加工作,也就渐渐把去石壁村写生的事给忘了。

日月如梭,转眼一年过去了。

这天,小陶陪同领导下基层考察,又到了石壁村。可才走到村口,他的眼睛就瞪得溜圆:哇,这里一切都大变样了,不但通了公路,溪河上还新建了石桥,人来车往,十分热闹。

小陶在村委会见到了饶叔,刚想问个究竟,饶叔却抢先一把拉住他,向他千恩万谢起来,嘴里不停地说:"大画家,多亏了你的一幅画,帮了我们石壁村一个大忙呀!"

小陶被饶叔这话弄迷糊了:"我的一幅画?"

一旁的村支书插话道:"陶画家,你那幅饶叔头上戴木盆的画,不是参加市里的画展吗?咱村的好日子就是从那个画展来的。"村支书给小陶倒了杯水,说,"咱村是有名的贫困村,可这两年乡里各种收费特别多,收了老百姓的钱,却不给老百姓办实事。比如那年吧,说是要为咱村建座小石桥,可收了三年的钱,石桥就是建不起来,村民们提意见也没用,他们肚子里的火总得找个地方出呀,于是看见饶叔就朝他头上丢石子,饶叔只要去收一次钱,他就要被小石子打得头上青一块、紫一块。一顶草帽不够,他戴两顶、三顶;三顶草帽都被打烂了,他便戴上厚厚的斗笠;斗笠还挡不住,他就把家里的小木盆拿出来往头上顶。不过他不怨乡亲们,他知道村民们心头憋着一股火,难受哩!"

一旁的饶叔憨厚地朝小陶笑着,待书话罢,他便接过话头继续说:"大画家,你不知道,你那张画展出后,被一个记者看到了,他就来我们这儿做进一步采访,听说回去后就写成文章发到内参上去,很快就引起了领导的重视。结果,三年没办成的事,三个月就办成了……"

小陶听着听着,心里曾经的谜团顿时烟消云散。

可是,看着饶叔和村支书感激的目光,他心里不由跳出一个问号:县里、省里乃至全国,还有多少个像饶叔一样的村主任,出门的时候头上要顶个木盆呢?

想到这里,他的心变得很沉,很沉……

(聂牛生)

(题图:王申生)

花 季 雨 季

谁都有过年少的梦,等你学会勇敢地长大,便会坚信:阳光总在风雨后!

偷来的青菜

吃不得

俗话说:人是铁、饭是钢,一顿不吃饿得慌。

李玲十八岁的时候,和她的一帮北京女知青去陕北插队,由于粮食紧张,肚子顿顿闹"饥荒"。十八岁,正是同学们长身体的时候,吃一顿饱饭对于她们来说,是一种渴望;而如果能吃到一点点蔬菜的话,那简直就是奢望了。脆生生、绿油油的蔬菜,那个时候李玲她们只有在梦里才能见到。

终于有一天,在上山打柴的路上,李玲和她的同学们发现了一片"绿洲":不知是哪个老乡,在那里悄悄开了一块自留地,大概种的是青菜,已经长出了泛着油亮儿的嫩绿小叶儿,它们是那样的生机勃勃,看得李玲和同学们垂涎欲滴,恨不得马上把它们从地里连根刨起来,美美地吃上一顿。

这一整天,那翠绿的嫩菜叶儿好像在李玲的脑海里生了根,老在她眼前招摇地晃呀晃,又像一只只胖乎乎的小手,在挠她的心。下山路上,又经过那块菜地的时候,李玲心里"突"地跳出一个念头:晚上来这把菜叶儿拔了,吃一顿,反正夜里没人看见。

她把这想法一说,大伙儿个个叫好,于是等天黑了,大家便拿上当时唯一的"家用电器"手电筒,向菜地出发了。李玲想得周到,还特地带上一个平时装被子用的口袋,来到菜地后,为了不被人发现,她叫大家尽量不要把手电打开,然后分头摸黑把菜叶儿薅下来,塞进口袋,飞奔而回。

她们的运气真是不错,这一路上没有碰上任何人,回到窑洞后,大家都松了一口气,然后就迫不及待地把薅来的菜从袋子里倒出来,放进锅里加点儿水煮起来。那时除了盐,什么调料都没有,可大家都不觉得什么,这时候能在陕北吃上青菜,真是欣喜若狂。

不过,这青菜毕竟不是正大光明得来的,对偷的行为本来应该是嗤之以鼻的,所以虽然青菜在锅里煮着,可李玲她们总觉得良心上有点儿对不起人家,所以每个人都在对自己说:"下不为例,就这一次,以后一定不能这样了。"

不一会儿,锅里的水开了,青菜很快就煮熟了,看到汤汤水水中飘着绿色的青菜叶子,大家激动得脸都涨得通红。这时候哪里还顾得上想这想那的,赶紧拿来碗就盛,等不及它凉,一个个就狼吞虎咽起来。

美餐过后,已经是后半夜了,大家心满意足地纷纷钻进了被窝儿。冷静下来之后,大家心里又都开始感到有点对不住那种菜的,但此时胃里却是暖暖的。这碗难得吃到的菜汤,可以让她们今晚都睡一个好觉,做一个好梦了！相信那梦里,有一片属于她们自己的菜地,属于她们的碧绿的菜叶,她们想什么时候吃就什么时候吃,直到吃得肚子撑痛,再也吃不下为止……

窑洞里静静的,每个人都进入了甜美的梦乡,李玲也一样,她觉得自己好像真一直还在吃着青菜,吃得肚子好痛好痛。她已经不想吃了,可不吃肚子还是痛,而且还越来越痛,一直痛到睁开了眼睛。

尽管这时候,李玲有点迷迷糊糊,但她确认自己这会儿真的是醒了,肚子也真的是在痛。

李玲心里很紧张,她不敢叫,也不想叫。她心里甚至还猜想:会不会是因为我出的主意,偷了人家的东西,现在遭报应了吧?她只觉得自己的头昏昏沉沉的。

突然,只听见"哇"的一声,李玲勉强睁开眼睛,一看,睡在旁边的小丽正撑起身子,趴在床边呕吐。小丽这一吐,李玲立刻觉得自己喉咙口也一阵恶心。

谁知李玲还没来得及和小丽说话,这时候窑洞里竟忽然乱哄哄起来,大伙儿有的说肚子痛,有的说头昏,有的竟趴在床沿也吐了起来。

原来,谁也没睡好,全都在闹肚子呢。

李玲一看大家这个样子,心里真是又害怕又难受,又愧疚又委屈,忍不住就哭了起来。她一哭,大伙儿跟着哭,可大家又怕事儿传出去,还不敢出大声,最后又统统躲进了被窝……

第二天,李玲她们全都躺倒在了床上。

队长见没一个来上工,觉得挺奇怪,就去看她们。李玲和大伙儿说好了,谁也不能说出偷青菜的事儿,"打死也不能说",因为太丢人现眼了。

可她们不说,队长就觉得事儿严重了:要病也是病一个,顶多病上二三个,哪有一个窑洞的娃全都病倒的?这事儿有点邪门了,队长认定李玲她们得了传染病,于是请来了村里的赤脚医生。

可是赤脚医生查来查去没查出个所以然来,只好摇头对队长说:"这些娃,症状挺吓人,可好像没啥大毛病呀。要不,先让她们休息几天看看?"

队长一听,就更没辙了,只好依着赤脚医生的话,先让李玲她们休息着,看看再说。

果然没几天,既没打针也没吃药,李玲她们就不拉肚子了,感觉自然好多了。李玲心里暗道:我们偷了菜,遭了报应,老天爷惩罚我们,让我们记住教训。但这到底不是什么十恶不赦的大罪过儿,所以老天爷才没有置我们于死地吧?

后来重新上工,恢复了精神的李玲和她的同学们上山时路过那片菜地,发现那里狼藉一片,到处都是被踏的脚印,还没收拾过呢。她们吓得谁也不敢吱声,互相对望着,直吐舌头。

就在这时,她们听到有脚步声向这边走来,立刻吓得一个个赶紧往树丛里钻。只见一个瘦巴巴的身影越走越近,她们一看,来的是村里的刘二叔。

只见刘二叔走近菜地,还没站稳,看到眼前的景象就惊叫起来:"天哪!这是谁糟蹋了我的烟叶子呀?"

什么,这是烟叶子?我们喝进肚子里的是烟叶子汤?李玲和同学们真是哭笑不得。

（索　洁）

（题图:安玉民）

让老鹰改道

你听说过生态移民的新鲜事吗？今年春天，政府为了让祖祖辈辈居住在深山老林里的老百姓过上好日子，就组织他们搬出山旮旯，到山外的驿道村居住，还无偿提供给每户人家二百只小鸡。石头和他的爸爸妈妈就是这些移民户中的一家。

石头就要上初中了，政府分给每家的小鸡一下来，他特别开心。因为那些拳头大的小鸡一转眼就能长成半斤多重的半大鸡，过了立秋它们就能下蛋了。算起来，这二百只鸡光卖鸡蛋，就够交齐石头上初中的学费了。

这天，艳阳高照，草木葱翠，石头一大早就起劲地把鸡赶到苜蓿地里，让它们吃蚂蚱。小鸡们正吃得欢，忽然天空中飞过一只大鹰，小鸡见鹰来了，一只只全吓昏了，有的软瘫在地上，有的慌得四处乱跑。

这不算,以后接连几天,这只老鹰天天从石头家的苜蓿地上空过,小鸡们天天被吓得半死,个儿也不长了,整天蔫头耷脑的。

石头急坏了,直哭,照这样下去,这二百只鸡都会死,他的学费就打水漂了。石头正着急的时候,邻村有个小孩告诉他,那鹰是他们村雨生家的。石头顺着小孩手指的方向找去,远远地看见一个十四五岁的男孩,正坐在墙头上。

石头立刻跑过去问他:"鹰是你家的?"

雨生瞥他一眼:"怎么了?"

石头瞪大眼睛说:"既然是你家的鹰,那你怎么不管管? 它总想吃我家的鸡,天天从我家苜蓿地上过,我家的鸡都快被它吓死了。"

雨生一听石头这话,"扑"地从墙头上跳下来,说:"我爷爷在十多年前就把这只鹰放飞了。要知道,鹰一旦放飞,就不受主人管了。不过,我知道这鹰现在是因为老了,飞不高了,它从你家苜蓿地上过,肯定是想找一处悬崖'换装'。换装,你懂不懂?"

石头不懂,他还是第一次听到这个词儿。

雨生看到石头傻傻地摇头,就解释说:"鹰到了这个时候,得先把它老化的嘴在崖石上磕掉,等新嘴长出来后,用新嘴把老化的脚趾一个个拔掉;新爪子长好了,再用新爪把身上的羽毛一根根拔下来;新羽毛长齐后,它就成了一只新的鹰,能飞上蓝天一千米。这就是换装,到了那个时候,它就再也不会从你家苜蓿地上过了。"

雨生这番话,石头简直听傻了:哟,原来是这么回事啊! 这个雨生懂得可真多呀,简直比学校里的生物老师还厉害。

这一来,两个小男生就成了小伙伴。

两个小伙伴一商量,觉得既然鹰不是存心要来吃小鸡的,那只要想办法找个什么东西吓吓它,让它改道从别处走,不就得了？可是，鹰是天空中的猛禽，什么东西能让它害怕呢？

雨生的大眼睛忽闪忽闪着，突然叫起来："对了，我们这地方有一种鸟，能管得住鹰！"

他给石头讲了这么一个故事：

远古时候，天神召集百鸟到天庭开会。

当时，鹰和一种叫"青燕子"的鸟个子都长得很小，只有拳头大，天庭太远，它们飞到那儿准会被累死。鹰和青燕子一商量，于是就想了个办法：互相背着一起飞，你背我飞一段，我背你飞一段，一只鸟飞的时候，另一只鸟就趴在它背上休息，保存体力。

办法确定后，两只鸟就上了路。一开始，它们确实是按商量的办法互相背着飞的，可飞呀飞呀，快到九重天的时候，鹰看到别的鸟儿都是独自往天庭飞的，于是心里就冒出了一个歪心思，它突然一翻身，把趴在它背上的青燕子摔下去了。

背上没了负担，鹰很快就飞到了众鸟的前头。天神为了奖励它，就用手轻轻一点，拳头大的鹰立刻长个了，变成了我们现在看到的体格健壮的大鸟。

后来，青燕子看到从天庭开完会回来的鹰个子竟有这么大，心里可不服气了，追着它问："你当时为什么要把我摔下来？"

鹰心中有愧，无言以对，所以掉头就跑，直到现在，它看到青燕子，还是这样……

石头听到这里明白了：能吓唬鹰的，就是雨生刚才在故事里说的那种青燕子。可是，青燕子现在在哪儿能找到呢？

一时也想不出什么好办法来，两个小伙伴只好悻悻地分手。

过了几天，石头在苜蓿地里捉虫子，想给小鸡们补补，那老鹰又飞过来了。但就在这时，只见从一棵杨树梢上突然"嗖"地弹出两颗石子，石头觉得很奇怪，仔细一瞅，才发现那哪是什么石子，根本就是两只扇着翅膀的小鸟，直向老鹰身上扑去。

老鹰本来飞得挺自在，谁知一看见这两只小鸟，却突然惊恐万状,掉头就逃……

石头愣住了,心中一阵狂喜:莫非这两只小鸟就是青燕子?他立刻循着小鸟飞去的方向,紧紧追了上去。

翻过一道山梁,那里有一片野苜蓿地,两只小鸟飞进野苜蓿地后就立刻不见了踪影。石头正纳闷呢,忽听背后传来一个声音:"怎么,孤军作战,不要我这个援军啦?"他回头一看,原来是雨生!

两个小伙伴在野苜蓿地意外相见,分外高兴,石头把小鸟的事儿一说,雨生断定它们肯定就是青燕子,于是就一起找起来。

不多久,他们在苜蓿地里看到了奇妙的一幕:几只青燕子从草根下叼出一只蜗牛,把它放到田埂上后,就去叼来石子,用它砸蜗牛背上的壳;这一砸,蜗牛不会动了,青燕子就用爪子抓住蜗牛的身体,用嘴叼住蜗牛的壳,只轻轻一拧,蜗牛壳就掉了;随后,青燕子又叼起石子砸,把蜗牛壳砸得更碎,接着就把这些碎蜗牛壳一块一块吞进自己肚里。这一来,没了壳的蜗牛只好垂头丧气地爬走了……

看着眼前这个情景,雨生用胳膊推推石头,说:"知道吗,青燕子这是在补钙呀!青燕子这种小鸟非常聪明,知道吃了蜗牛的壳翅膀会硬,就像小孩子吃了钙片后会长得更结实一样。不过,只有野苜蓿地里才会有蜗牛,你家那儿是自己种的苜蓿,蜗牛不会来,如果那里是野苜蓿地的话,有蜗牛,青燕子就会来补钙,青燕子一来,老鹰就害怕,就不得不改道,那样的话,你家那些小鸡就会快快长大,就会多多下蛋,你的学费就有保证啦!"

石头听雨生这么一说,惊叫起来:"这简直就是一个拯救小鸡的系统工程呀!那还不简单,我们想办法把这野苜蓿地搬到我家那儿去。"

"让野苜蓿地搬家?"雨生惊奇地瞧着石头。

石头兴奋地点点头,说:"是的,搬家!我想读书,我一定要把这些小鸡养大,让它们给我生好多好多蛋……"

雨生被石头的话感染了,于是两人说干就干,回村里去找来一辆手推车,把野苜蓿地里的草皮连同蜗牛,一车车全运回去,盖在了石头家的那块苜蓿地上……

蜗牛们在新地方安家落户了,那些青燕子果真也找过来了。这天早上,那只老鹰刚飞到石头家的苜蓿地上空,青燕子们看见了,立刻"嗖"地腾空飞起,扑了上去。只见老鹰惊叫一声,折回身子立刻就飞走了。

老鹰改道成功了!

从此,青燕子就长驻在石头家的苜蓿地里,老鹰也再不从这里经过了,小鸡们过起了安安宁宁的日子。让石头和雨生好高兴的是,秋天开学后,他俩还将在一个学校上学呢!

可是,两个小伙伴总觉得心里还搁着件事儿不痛快:把老鹰赶走了,逼着它改道,是不是有点霸权主义?老鹰改了道,就得绕道往崖上飞,就得多消耗体力呀。

石头和雨生决定要给老鹰一点补偿,于是课余的时候就常常去捉蜗牛,用塑料袋装着,爬到崖顶上,然后用绳子顺着崖壁放下去,给老鹰吃。至于老鹰到底吃了没吃,他们不知道,因为在崖顶上根本无法看到,但是他们心里觉得安慰。

转眼秋天到了,天气开始一点点凉了,眼看蜗牛就要没有了,石头和雨生便越发起劲地把苜蓿地里搜寻到的最后一点蜗牛拢起来,从崖上放下去给老鹰吃。就在这时,两个小伙伴突然听到"哗啦啦"一声响,只见在夕阳的辉映下,崖顶上金灿灿一片,那只老鹰脱胎换骨成了一只年轻的鹰,腾空而起飞入了云霄,千米之上的高空,只看得见一个小黑点……

石头和雨生笑了,两个小伙伴的心里乐开了花。

(古京雨)

(题图:季 平)

高高的山上有个窝

　　刘玉是个男孩,在县城中学念初一,人虽长得瘦小,却很有精神。今年暑假的一天傍晚,刚下过雨,刘玉到山上去采蘑菇,忽然看到对面鹰山石壁上有个小东西,在夕阳下一闪一闪的,他不由动了好奇心,从背包里拿出望远镜,细细地看起来。

　　刘玉发现,这东西圆圆的,颜色有点红,挂在一个洞口旁,旁边还有一丛绿树。他顿时就想起村里老人们平时说起过的,这鹰山绝壁上有宝贝,心不由"怦怦"狂跳起来。

　　鹰山石壁有几十丈高,刀削斧凿般的直立着,刘玉很想过去看看,但此时天色已经不早,他只好悻悻地先回家。到家后,刘玉又怕妈妈担心,所以一字未敢提此事,只是悄悄准备了绳子、镰刀和吃的饼子,第二天一早就直奔鹰山而去。

　　从村里到鹰山有二十多里路，刘玉足足走了半天才到达山顶，这时已经响午了。性急的刘玉顾不上吃东西，将带来的绳子一根根接起来，一头系住腰间，另一头系在鹰山崖边一棵小松树的根上，然后紧紧背上的包，就拉着绳子慢慢向崖下荡去。

　　昨天在对面山上看到的那丛绿，其实是一墩荆枝，从崖顶到这墩荆枝，至少有三丈距离。荡到离荆枝还有一丈多远的地方，刘玉终于看清了，昨天在对面山上看到的宝贝，原来是一株灵芝，它的根足有刘玉三条胳臂粗，扎在石壁缝里，云状的头有锅盖般大，真是难得一见的宝贝啊！

　　但是刘玉很快就发现，这株灵芝旁没有立足的地方。怎么办？刘玉决定荡到荆根上去割灵芝，可谁知他脚尖快够着荆枝叶梢的时候，绳子却放完了。原来，刚才在崖顶上比量着放绳子的时候，刘玉忘记留出系在自己腰间的这一段长度了。

　　不过，刘玉还算能急中生智，他见石壁上没有踏脚的地方，就从腰里拔出镰刀，选了处崖缝较宽的地方挖起来。不一会儿，挖出一个能插进一个脚尖的窟窿了，他于是就踩着这个窟窿，身子贴在石壁上，一手拉着从崖顶上放下来的绳子，一手把系在腰上的绳头解开，又双手拉住解开的绳子，滑了一小段，看准荆根猛地一荡，两脚刚好就踏在了荆根上。

　　可谁知，还没待刘玉喘口气，上面的沙土石块忽然"哗啦啦"地直朝他身上落下来，他吓得"妈呀"一声，两只手赶紧抓住荆枝，只觉得崖顶上有东西呼啸着从他身边直往下掉。他很快明白了：是岩顶的小松树，因为吃不住他身体的重量而被连根拔起，带着绳子一起落下了悬崖。

　　现在怎么办？往上看，到崖顶的这段距离石壁陡立，没有绳子根本上不去；向下看，下面是几十丈深渊，跌下去肯定粉身碎骨；而此处离最近的村子也有十多里地，喊破喉咙也不会有人听到；即使饿了啃树叶，但没有水喝，人也活不了几天呀。

　　身陷绝境,险象环生,刘玉不由想到了死。一想到死,他害怕了,他才活了十四年啊,难道真就要死在这个无人知道的地方了?就在这时,他忽然听到耳边有"啾啾啾"的叫声,抬头顺着声音看去,这才发现昨天在对面看到的洞口,其实就在自己身旁,洞口边上还有几只已经长毛的小鹰,正朝他"啾啾啾"起劲地叫着。

　　看到小鹰,刘玉暂时忘记了害怕,他把着石壁向洞中看,这洞虽然不大,可里边能住个人,而且洞壁上还有水珠在滴落。刘玉心头一喜,按着洞口搭上一条腿,身子猛地一用力,嗨,果真进洞了。

　　可谁知刘玉脚刚落地,洞里立刻响起一阵"啾啾啾"的惊叫声,他吓了一跳,定睛一看,原来洞里有六只小鹰,看到刘玉进来吓得乱叫,在那里挤成了一堆。刘玉一个人正孤单哩,现在有这些小鹰做伴挺好,于是就从身上解下背包,拿出里面的火腿肠,用镰刀削成一片一片喂它们。

　　这些小鹰早饿坏了,一看到有好吃的来了,立刻"轰"地一下扑过来,一根火腿肠眨眼就被它们一抢而空,吃了个精光。

　　就在这个时候,忽然"呼啦"一声响,洞里猛地暗了下来,刘玉惊慌地回头一看,见有只大鹰突然飞落在洞口,嘴里还衔着一只野兔。那大鹰大概没防着洞里会有人,把野兔一扔就飞走了。

　　刘玉心里一动:原来这六只小鹰是它的孩子啊!那这只大鹰以后一定还会送吃的来。看来自己得把这些小鹰喂好,把大鹰笼络住,这样才能在洞里呆下去。

　　刘玉正想着,那只大鹰果然又飞来了,在洞口上方盘旋了一会儿,大概是听到洞里小鹰们的欢叫声,放了心,这才又向远方飞去,一直到天黑尽了才又飞回来,落在洞口的那株灵芝上。

　　这一夜,刘玉一直没合眼,他不是怕大鹰,而是牵挂自己的妈妈。自从去年爸爸生病去世后,妈妈和他相依为命,一天也没有分开过,现在妈妈突然找不到自己了,不知该有多着急多伤心……想到这里,刘玉忍不住号啕大哭起来。

一整晚,刘玉就这么哭着想着、想着哭着,迷迷糊糊中醒来一看,已经是第二天天亮了。小鹰们又"啾啾啾"地叫起来,洞口的大鹰听到,焦躁地拍着翅膀,也不顾洞里的刘玉了,开始不停地啄着兔肉来喂它的小鹰,把它们一个个都喂饱了,才"扑啦啦"地飞出去。上午,它衔回来一只田鼠,下午又衔回来一条鱼。

看着这条一斤多重的鱼,刘玉不禁想起了自家门前的鱼塘,又想起了自己的妈妈,止不住的泪水顺着脸颊滚滚而下:"妈妈啊,我再也见不到你啦……"

这一天好不容易过去了,到天黑的时候,大鹰又飞回来落在灵芝上,大概是又听到了小鹰们的欢叫声,它似乎对刘玉解除了戒备,在洞口蜷缩了一夜,天明时候又飞出去找食。

就这样,过了一天又一天。这些日子里,刘玉除了喝水,只吃了他背包里的两个馒头,大鹰虽然每天有东西衔回来,但那些兔子、田鼠、鱼和蛇之类的东西都是血淋淋、腥乎乎的,洞口又悬在崖壁上,刘玉怎么也没法把它们做成熟的填进肚里去啊。

又过了几天,刘玉饿得实在挺不住了,不得不试着和小鹰们一起吃大鹰叼回来的那些东西,当狠着心咽下第一口后,以后就慢慢地吃起来。不过,那些小鹰的食量一天比一天大,刘玉尽量自己忍着饿,总是先把那些小家伙们喂饱。

不久,小鹰翅膀上的毛渐渐长齐了,刘玉看到它们在洞口的那株灵芝和荆根上飞来飞去,起初还挺高兴,可是再一想,若是过一阵这些小鹰能远走高飞了,大鹰带着它们飞走后就再也不会送吃的来,自己只能饿死在这个洞里……一想到这里,他又恐惧又惊慌,伤心得又号啕大哭起来……

不过这些日子下来,大鹰已经完全消除了对刘玉的戒备,它先前只是停落在洞口,慢慢地就扑进洞来,终于有一个晚上,它和小鹰们一起留宿在洞里,刘玉抚摩它的羽毛,把它抱到怀里,它都不挣扎。

这天下午,小鹰们早耐不住寂寞,在洞口飞来飞去地等大鹰衔食回来。后来,大鹰回来了,小鹰们看到它嘴里衔着一只野兔,于是还没等它飞停下来,就一哄而上地飞迎上去。看到眼前这个情景,一个大胆的念头突然涌上了刘玉的心头:说不定明天大鹰就会带着这些小鹰飞走,如果自己能随它们一起离开这里,该有多好……

刘玉越想越觉得唯有这个办法才能够救自己,他立刻动手干起来,脱下衣裤,用镰刀把它们割成布条,又把布条拧成一根根绳子。

天黑下来之后,刘玉就摸索着将一根根用布条结成的绳子分别系到大鹰和小鹰的脚上,将绳子的另一端统统扎在自己手腕上。他悄悄干着这一切,本以为自己做得神不知鬼不觉,不料大鹰挺警觉,刘玉刚把绳子系好,大鹰就感觉到了,拼命挣扎着往洞外飞。那些小鹰也真是聪明,一看大鹰惊慌的样子,就知道有事了,赶紧也争先恐后地纷纷跟着飞了起来。

大鹰、小鹰一飞,绳子一动,自然就把刘玉带起来了,仓促中刘玉不管三七二十一,跑出洞口把眼睛一闭,身子就真"飞"了起来。周围黑咕隆咚一片,刘玉只觉得耳边风响,头顶上全是"扑啦啦、扑啦啦"鹰打翅膀的声音,身子像腾云驾雾似的。

也不知过了多少时候,刘玉感到屁股"噌"地一下碰到了什么东西,他大着胆子睁眼一看,啊,月亮正明晃晃地在半空中挂着,月光下他一辨别,原来屁股底下就是鹰山前的那块草地。

刘玉激动得大喊大叫起来,他一收绳子,欢天喜地带着大鹰和小鹰们,一起往家里走去……

(尹洪林)

(题图:杨宏富)

古老的婚礼

期末考试,在县一中念高一的丰山俊英语挂了个大大的"红灯",被同学们嘲笑了一通。他心里很郁闷,一放假就躲到乡下外婆家去了。

丰山俊的外婆家在一个叫"八禄堡"的村里。丰山俊来到外婆家没多久,当村主任的舅舅回来了,一看见丰山俊就喜出望外地说:"山俊来啦?太巧了!太巧了!"

丰山俊问:"老舅,啥事这样开心呀?"

舅舅哈哈笑着说:"你舅舅我要做老丈人啦,再过四天,我那洋闺女珍妮要在咱八禄堡办喜事哩!"

说起来,那还是五年前的事了。丰山俊的舅舅出差去外地,在路上救了一位遭遇车祸的美国姑娘,那洋妞名叫珍妮,为感谢救命之恩,从此就认丰山俊舅舅为"中国爸爸"。后来,珍妮到八禄堡来看中国爸爸,被这里的风光迷住了,激动得说以后结婚一定要到八禄堡来举办婚礼。这不,现在她就要和她那个男朋友汤姆来了。

舅舅对丰山俊说:"山俊啊,办喜事不难,可我洋闺女说,她要办一个八禄堡最古老的婚礼。你们城里人见识多,点子也多,你得帮老舅拿拿主意。"

丰山俊一听,顿时挠开了头皮:"舅舅,我能行吗?"

可没容丰山俊再说话,他那些童年的小伙伴就在旁边叫起来:"山俊,你有啥不行的? 咱村里除了你,谁还有这能耐?"

小伙伴们一咋呼,让舅舅更乐了,他拍拍丰山俊的肩说:"我洋闺女的婚礼就靠你来撑台面了,到时候乡里的领导都要来呢,你可千万不能让舅舅出洋相。"

丰山俊被舅舅和小伙伴们这么一激,胆子顿时就大了起来,把胸脯一拍,说:"没问题,老舅,到时候你看我的!"

包票是打下了,可接下来怎么弄呢? 婚礼连头带尾只有四天的准备时间。多亏了丰山俊的那帮小伙伴,大家你一言、我一语地帮他出主意,不一会儿工夫,古老婚礼的全套方案就定下来了。接下来的几天里,丰山俊和他的小伙伴们个个忙得昏天黑地,但即使不吃不睡,他们也不觉得累,兴致可高了。

转眼四天时间就过去了。

好日子来临这天,外婆家被布置得焕然一新,四里八乡的乡亲们都像赶场看戏似的拥来,连七八十岁的老人都被搀扶着来看热闹。

上午十点来钟,载着珍妮和汤姆的小车终于出现在了村口,当两个年轻的"老外"从车上下来后,大家一看,都愣住了。只见他们两个人都穿着皱巴巴的牛仔服,戴着变色眼镜,见了乡亲们就"哈罗哈罗"地打招呼,一副优哉游哉的神情,根本不像是来结婚办喜事的。

舅舅心里直嘀咕：这两个老外对自己的人生大事也太随便点儿了吧？但他又不好说什么，于是整整衣领，捋捋头发，大步迎了上去。

舅舅刚想对珍妮说什么，珍妮却给了舅舅一个大拥抱，然后指指乡亲们问："爸爸，今天这里过节吗？"

舅舅给她解释："不不不，这些人都是来看你们结婚的。"

珍妮耸耸肩，茫然地瞪着舅舅，旁边的翻译小姐对她说："他们都是来出席你和汤姆婚礼的。"

"哇，这么多人都来参加我们的婚礼？"珍妮一脸惊讶，"爸爸，八禄堡的人真是太热情了！"

按照丰山俊拟定的程序，先是珍妮去舅舅家；然后由汤姆随着八人抬的大花轿和吹吹打打的喜乐班子，去舅舅家接珍妮；再是珍妮和汤姆过"外婆桥"，到"八禄堂"拜天地……当然，这一切程序之前，还要给珍妮和汤姆好好打扮一下。

珍妮看到为她准备的描金绣凤的大红色古装，高兴得像小孩一样跳起来，兴奋得直拍手："这是给我穿的吗？哇！我穿上它一定比芭比娃娃更漂亮！"

而汤姆那边呢，狗蛋把丰山俊拉到一边，悄悄说："你是城里来的，懂外语，得和新郎偘在一起，要不，咱谁也听不懂他在说什么。"

丰山俊一扭头，说："那咋行？我跟着他，别的事儿还管不管了？不就是让他换身长袍马褂，外加披红挂花戴礼帽吗？能有什么事儿？"

狗蛋急了："谁知道他个头这么大，准备的那礼服小了点儿，得叫他把外面那身牛仔服脱了，才穿得上。"

狗蛋说得不错，今天天气又热，汤姆这会儿已经被折腾得浑身冒汗哩，丰山俊一看这情形急了，就跑了过去。

　　大家伙一看丰山俊来了,齐声说:"好了,好了,会外国话的人来了。"

　　在众人敬佩又期待的目光下,丰山俊学着电影里绅士的派头,打着优雅的手势告诉汤姆,让他先把牛仔服脱了。可让他尴尬的是,他说了一遍又一遍,汤姆却一脸茫然,根本没听懂丰山俊在说啥,丰山俊的脸顿时涨得通红。

　　狗蛋在旁边急得直跺脚:"山俊,他怎么回事? 怎么这么简单的意思也不懂? 怎么办? 再不换,时间来不及啦。"

　　比时,丰山俊也顾不了许多,对着汤姆就是一阵穷比划:"你的,把里面的衣服,脱了脱了的有! 凉爽大大的!"

　　倒是丰山俊这一比划,汤姆明白过来了,笑着直点头,嘴里连说:"OK,OK!"拿起新郎倌的衣服就进屋去换了。

　　谢天谢地,总算一切就绪……

　　接着,在丰山俊的指挥下,新郎倌汤姆从大花轿中迎出了披着红盖头的新娘珍妮,用一根红绸带引着她去过外婆桥,准备到八禄堂拜天地。在唢呐和鞭炮声中,看热闹的人里三层、外三层,四周的笑声和掌声此起彼伏,看到舅舅脸上挂着满意的笑容,丰山俊可得意了

　　可没想,就在汤姆背珍妮过外婆桥的时候,却出事儿了:汤姆身上穿的仿古礼服,下摆是前后两片分开的,身子一蹲,这两片下摆很自然地就向两边分开去。汤姆去背珍妮,就非得蹲身,他身子刚蹲下,丰山俊猛然发现,他没穿内裤,竟光着个大屁股。天哪! 汤姆居然领会错了丰山俊比划的意思,以为是要光着屁股穿新郎倌的礼服。

　　这一下就全乱套了,镜头被摄了像不说,围着的人群顿时就炸开了锅,大闺女、小媳妇红着脸往外跑,小伙子们则乐得捧着肚子哈哈大笑。

　　汤姆自己还被蒙在鼓里呢,见大家朝着他大笑,他也笑个不

停,还起劲地向大家挥手致意。珍妮没想到这里的人会对他们这么热情,忍不住掀起红盖头,向大家抛起飞吻来。

此刻,只有丰山俊的脸上火烧火燎的,只巴望着婚礼快快结束。

可下面的程序没完哪,接下来是古老婚礼的核心内容"拜堂成亲"。八禄堂上,汤姆和珍妮还要"一拜天地,二拜祖宗,三拜高堂"呢!这一对老外也感觉出这"三拜"是最神圣的了,因此每一个动作都做得非常认真,非常到位。当然咯,汤姆每跪拜一次,刚才的"情况"就会出现一次,大家就会哄笑一阵。所以,场上的气氛越来越热烈。

舅舅开始还不知道是怎么回事,见大家笑得前仰后合,感到莫名其妙,直到后来汤姆和珍妮"夫妻对拜"时,他自己亲眼看到了这个"全景",气得怒发冲冠……

明明是一场喜剧,最后居然变成了闹剧,这笑话在四里八乡传得比风还快。要面子的舅舅气得三天吃不下饭:"唉,这回我的脸面算是彻底丢光喽。这外国佬咋就这么没良心呢,弄得我们这么丢人现眼。"

汤姆和珍妮在婚后第二天就匆匆走了,想必是那个翻译小姐把实情告诉他们了吧?

舅舅脸色铁青地把丰山俊叫到跟前,说:"山俊,舅舅打小就疼你,可你这算是怎么回事?你什么玩法不行,非要搞成这样才开心?"

天哪,舅舅居然认定丰山俊是为了闹着好玩才故意这样干的,丰山俊怎么才能给他解释清楚呢?丰山俊闷头睡了两天,第三天上午就垂头丧气地回了县城……

一晃四年过去,丰山俊已是大学二年级的学生,再也不会对英语犯晕了。这年暑假,他又来到外婆家,发现八禄堡已被开发成了一个旅游景点,而"古老的婚礼"居然成了这里的旅游项目,每年到这里来举办中国式婚礼的外国青年,竟有几十对。

更想不到的是,丰山俊到外婆家的第四天,珍妮和汤姆带着他们的女儿也来到了这里。舅舅说,他们每年都会来看他这个中国爸爸一次。

丰山俊太高兴了,因为事隔四年,他终于可以当面向汤姆表达他心里一直以来的歉意了,当时出了那么大的洋相,虽然汤姆没对丰山俊说过一句责难的话,但丰山俊心里却一直不好受。

丰山俊来到汤姆夫妇的住屋,不巧他们一家三口正好去看一对德国人的婚礼,不过时间不长就回来了。汤姆一看见丰山俊,就高兴地说:"有意思,太有意思了,这让我想起了我和珍妮当年举行婚礼时的情景。"

汤姆这一说,丰山俊更不好意思了,连忙说:"对不起,汤姆,当年在你们的婚礼上……"

"要说当年,我其实很感谢你呀!"汤姆边说边咧着嘴笑,"我们那个,才是八禄堡真正古老的婚礼!今天看到的这个,用你们中国人的话说,已经不是'原汁原味'了。可不是嘛,那新郎俏里面还穿着裤子哎!哈哈哈哈……"

(方赛群)

(题图:黄全昌)

农民的儿子

　　林阳县中学高二班有三个出众的男生,一个叫包长江,一个叫阎鹏,还有一个叫李索。说他们出众,有这么几点根据:一是他们的学习成绩都特别好;二是他们的个子都长得特别高;第三点更突出,这三个男生的爸爸都挺有"来头"。

　　包长江的爸爸是县供电局的局长,阎鹏的爸爸是县工商银行的行长,李索的爸爸虽然不当官,却是全县最大的木材公司老板,在那一行里,也算是呼风唤雨的头面人物了。正因为这样,这三个男生在同班同学面前,就有了一种特别傲的优越感。

　　这天,班里转来一个新同学,叫沙得亮,高个子,学习成绩也特别好,只是沙得亮的爸爸是个农民,就凭这一点,包长江他们三个就挺看不起他,常常对他颐指气使;谁不愿值日了,就让沙得亮顶替;谁渴了馋了,就让沙得亮跑腿去买饮料、小食品;就是一起打篮球玩,他们还要沙得亮帮忙拎鞋、拿衣服。沙得亮是个实诚的孩子,为人憨厚又随和,只要不是原则问题,他都不在乎。

一个星期天,包长江过生日,他约了阎鹏和李索,准备好好到县城北面的龙湾水库去玩一天。包长江提议带上沙得亮,有这么一个人跟着,可以轻松不少。阎鹏和李索一听觉得有道理,于是就把沙得亮找来,四个人一起兴冲冲地往龙湾水库进发。

龙湾水库背靠怪石嶙峋的玉龙山峰,水面波光粼粼,四个人在水库里划船、照相、野餐,玩得好不开心。下午,他们出了水库还不想回家,就又到玉龙峰下的树林里去捉迷藏。林子大,三个人找一个人还真不好找,够刺激的!

四个人玩得正尽兴,就听沙得亮突然喊起来:“哎,你们快来看哪!”大家赶紧靠过去,一看,原来沙得亮在林子靠山峁的地方发现了一个洞口,洞呈斜坡向下走势,洞口冷风嗖嗖,洞内漆黑一片。

这是什么洞呢?四个人立刻好奇地猜测起来,包长江说是熊洞,李索说是獾子窝。后来,阎鹏有点不耐烦了,说:“嗨,管它是什么洞,你们站好了,我给你们照张相,拿回去明天吓吓班里那些同学。”不料他刚端起相机,拧开镜盖,手一晃,镜盖掉地上,竟“咕噜噜”顺着斜势滚进洞里去了。

阎鹏惊叫一声:“唉呀,我这镜盖值好多钱哪,怎么办?”

四个人都愣住了。包长江转了转眼珠,对沙得亮说:“你进去找找吧,说不定这个洞很浅呢!”

沙得亮望着黑黝黝的洞口,犹豫着:“我……”

李索在一边抢白道:“‘我’什么呀?没有盖子,镜头会磨坏的。”

沙得亮看阎鹏急得快哭出来了,想了想,就猫着腰,摸索着钻进洞去。

　　很长时间过去了，沙得亮在洞里还没有出来，包长江他们三个站在洞口，不免着急起来，就你一声、我一声地朝洞里喊："沙得亮！沙得亮！"可是，除了回声，洞里什么动静也没有。三个人慌了，你看看我，我看看你，不知所措。

　　突然，一束手电光在洞里闪了一下，正站在洞口的包长江他们三个人吓坏了，"啊"一声惊叫起来。为啥？沙得亮进去时手里空空的，怎么现在洞里会有手电光在闪呢？这是怎么回事？

　　三个人正疑惑间，只见洞里的手电光又闪了几下，接着传出沙得亮"嗨哟嗨哟"的声音，一声比一声近，一声比一声响。终于，沙得亮出来了，还连拖带拉地搬出个人来。三个人一看，是个外国老头，头上流着血，已经昏死过去。

　　沙得亮大口大口喘着气，对包长江他们说："快，赶紧送他去医院。"他边说边脱下自己身上的衬衣，把它撕成布条，包在外国老头的伤口上。这一来，包长江他们三个也忘了再问沙得亮镜盖的事了，一起把外国老头扶到沙得亮背上，然后阎鹏在前面开路，包长江和李索在两边扶着，一行人匆匆来到水库管理处。

　　四个人把情况一说，管理处负责人就急忙调动车辆，将外国老头送医院去了。

　　让这四个男生万万没有想到的是，救外国老头这件事，他们做大了！原来，那外国老头是个旅行家，名叫卡勃特，他到水库景点来旅游的时候，意外地在这里发现了硅藻土岩层，而且认为储量很大，出于职业的习惯，就进洞去探索。不想卡勃特这一进洞，却惊动了洞里的蝙蝠，卡勃特左躲右避，结果脑袋撞在岩石上，一下就昏死过去了。

　　卡勃特被救后，对林阳人产生了深深的敬意，伤好回国就竭力"穿针引线"，为林阳县投资开发硅藻土项目。

　　好消息传到学校，校长和老师们都乐坏了，决定在全校开一个表彰会，好好宣传一下四个男生的先进事迹。沙得亮因为是转校不久的新生,别的班级还有好多同学都不认识他,所以他走在校园里,就有不少人在后面指指点点,每逢这个时候,他总是朝他们笑笑。可包长江、阎鹏和李索三个就不对了,本来在校园里就已经够神气活现的了,现在当然就越发趾高气扬起来。

开表彰会这天,包长江、阎鹏和李索的爸爸都应邀来到了学校,只有沙得亮的爸爸因为忙着搞试验田,脱不开身。包长江、阎鹏和李索都戴着大红花,和他们的爸爸一起坐在校长室里,沙得亮实在坐不住,就帮着老师一起招待来宾。

这时候,有人报告,县领导陪同卡勃特到了,校长室里的人都站了起来,校长也赶紧迎了上去。

县长是个女的,她热情地和大家一一握手,而卡勃特一面热烈地和包长江、阎鹏和李索拥抱,一面不住地在人群里搜寻,嘴里急切地叫着:"沙!沙!"校长知道,卡勃特是在找沙得亮。

可是这会儿,沙得亮到哪儿去了呢?

当沙得亮搬着矿泉水箱子出现在大家视线里的时候,卡勃特高兴地叫着:"沙——"张开双臂就扑了上去。

县长秘书在旁边直赞叹:"好小子,真不愧是县长的儿子!"

秘书的话说得很轻,可是却把站在县长边上的那三个神气活现的男生给镇住了。三个男生迫不及待地拉过沙得亮,问:"县长是你妈?"

沙得亮害羞地点点头。

"可……可……"三个男生不由张口结舌起来,"你爸……你爸不是农民吗?"

沙得亮惊讶地反问道:"是呀!可我爸是农民,我妈就不能是县长了?"

（庞洪成）

（题图：安玉民）

我有你的写真照

星期天,卫校女生李婷刚走出学校图书馆,就听到手机"笛笛笛"地叫了几声,她知道又有人给她发短信来了,打开一看,顿时傻了眼,只见短信上写着:我有你的写真照! 李婷按键的手指僵在了那里。

可谁知,没容李婷细想,又一条短信发过来了,还是这个人发的:我从照片上看到,你不但额头上有一颗美人痣,而且左胸上也有一颗美人痣。你如果想要回你的照片,请和我联系。

李婷惊呆了,立刻意识到麻烦找上了自己。尽管手机上显示着发信人的来电号码,可现在外面利用写真照、裸体照进行敲诈的事情很多,她怎么敢去和这个人联系?

慌乱中,李婷赶紧给表姐美美打电话。

李婷的表姐美美是市文化馆的舞蹈老师,昨天一大早,就是她给李婷打来电话,让李婷陪她到维纳斯影楼去拍写真照的。李婷对拍写真照一直充满了神秘感,所以美美一喊,她就去了。

维纳斯影楼的欧阳,既是老板又是摄影师,她亲自给美美化妆,摆造型,调灯光,把美美的写真照拍得光彩照人。

拍完后,美美说:"李婷,你也来一张。"

李婷红着脸直摇头:"不拍不拍,我不拍,羞死人了。"

美美笑李婷:"这有什么好害羞的?"她起劲地鼓动李婷,还要上来帮李婷换衣服。

其实,李婷心里早就痒痒的了,只是怕难为情,现在被美美这么一拉,也就半推半就了。拍完了,李婷一再要美美和欧阳为她保密,别把她拍照的事情说出去,想不到才隔了一天,这照片竟落到了别人手里。

美美接到李婷的电话后,很快就赶了过来。她一看李婷手机上的那两条短信,气得直喘粗气:"走,我们到影楼找欧阳去。"

见了欧阳,美美开门见山就说:"欧阳,你为什么把我表妹的写真照给了别人?昨天她不是再三叫你保密的吗?你为什么不讲信用,不讲职业道德?"

"这怎么可能呢?"欧阳一脸的冤枉,"我不知道你这话从何说起?你表妹的写真照我都还没来得及做呢!"欧阳信誓旦旦,不由美美和李婷不信。

那么,这到底是怎么回事呢?

李婷想了想,把美美拉到一边,说:"看来欧阳不像在唬我们。要不,我来给这个发短信的家伙打个电话,看能不能把他引出来,咱们就可以问清楚是怎么回事了。"

李婷一时也没有更好的办法,于是就点点头。

不一会儿,电话通了,话筒里传来一个男人略带沙哑的声音:"你好,我是王诚。请问你哪一位?找我有什么事?"

美美故意粗着喉咙说："你先别问我是谁，你告诉我你现在人在哪里，我要见你。"她边说边往影楼外面走。

对方立刻叫起来："我惹你了吗？你怎么这样对我说话？我正去'维纳斯'，你想怎么样？"

"你要来维纳斯？"美美正走到影楼门口，她还想继续问下去，哪知一抬头，正撞在一个人的怀里。

对方是个十八九岁的小伙子，穿着一身休闲服，也正在打电话呢！

跟在美美后面的李婷正急急地跟上来，一看到小伙子，立刻惊叫起来："王诚，你怎么也到这里来了？来拍写真照？"

这个叫"王诚"的小伙子回答说："我拍什么照？我是来看我妈的呀。"

李婷一愣："你妈在这里上班？"

王诚笑了："我妈就是开这影楼的老板啊！"

"什么？欧阳就是你妈？"李婷和美美异口同声地惊叫起来。

李婷恍然大悟，似乎立刻明白了什么，她立即回身跑进影楼，异常激动地冲到欧阳跟前，说："老板，你骗人，就是你，把我的照片给你儿子了。"

欧阳愣住了，不明白李婷这话是什么意思。

这时，王诚走了过来，欧阳指着王诚问李婷："你是说，你的照片到他那里去了？这怎么可能呢？再说，他怎么会认识你？他要你的照片干什么？"

李婷这时候已经气得脸都变了色，她把自己的手机递给欧阳，让她看那两条混账短信，说："你一定不知道吧，我和你的儿子曾经是同班同学。"

欧阳的脸沉了下来，走上去对着儿子的脸"啪啪"就是两个耳光，嘴里吼道："说，这到底是怎么回事？"

王诚捂着红红的脸，什么也没说，只是把手伸进口袋，掏出一个小本子,又从小本子里抽出一张照片,递给欧阳。

欧阳定睛一看,原来这是一张小女孩的半裸照,光着胖乎乎的上身,笑得十分可爱。照片下面还有一行字:李婷周岁纪念,1986年8月18日。

李婷凑过去一看,发现怎么这张照片自己从来没有看到过?她有些将信将疑,问王诚:"你能肯定这就是我小时候的照片?"

王诚点点头,说:"我能肯定。你瞧,照片背后写着的名字和生日时间,都和你的一模一样。看,额头上那颗美人痣,不是你是谁?"

可李婷还是不解:"那这张照片怎么会在你的手里?"

王诚老老实实地答道:"我是从我们家的影集里翻到的。"

被王诚这么一说,欧阳看看照片,看看李婷,看看李婷,又看看照片,终于像想起了什么,激动地问李婷:"你就是吴艳和李进的女儿?"

李婷不知所以地点头,欧阳这才长长一声感叹。

原来,欧阳和李婷的妈妈吴艳是从小一块长大的好姐妹,她们一起生活在一个叫卯酉河的小县城。后来,吴艳在县里的邮局工作,欧阳在县城大街上开着一家照相馆,两人分别结婚成家后,两家住得又挺近,关系一直处得不错。

那年李婷过周岁生日,欧阳邀吴艳抱孩子来照相馆拍照。不久,吴艳随丈夫南迁,临走时欧阳就问她要了这张照片留作纪念。开始时两家还保持着联系,后来时间长了,各忙各的事,欧阳一家也离开县城几经辗转,联系就中断了。

谁也没想到,如今这两家人竟又走到了一个城里,而且竟会以这样的方式联系上。欧阳激动地把李婷搂在怀里,任泪水尽情流淌。

很久很久,欧阳才放开李婷,她突然想起了什么,厉声责问王诚:"今天你得给我说清楚,为什么要把李婷的照片带在身上,还发那样的短信?"

李婷和美美也都不解地看着王诚。

王诚的脸红了,喃喃道:"你们……你们都走开,我……我……我只告诉李婷一个人。"

欧阳和美美见王诚这个样子,互相对视了一下,就默默地走开了。

看着李婷,王诚嘴巴动了动,可就是说不出话来。最后,他结结巴巴地说了一句:"我还是给你发短信吧。"

当天晚上,李婷果然收到了王诚发来的短信。

王诚在短信中对李婷说:你是那么漂亮,又是那么优秀,而我呢,却是那么不起眼,就像是路边的一棵无名小草,那么不惹你注意。我这样做,没有别的目的,只是想得到一个能和你单独在一起说几句话的机会……

（刘桂先）

（题图:安玉民）

情 窦 初 开

相逢是首歌,歌者是你和我。两个人相互辉映,共同谱写出的奏鸣曲,虽仍稚嫩,却最真诚。

你查字典了吗

一个男孩深恋一个女孩多年,但他一直不敢向女孩表白。

这天晚上,男孩精心制作了一张卡片,在上面写下了他藏在心里许久的话。他握着这张卡片,到饭店里喝了很多酒,终于壮起胆子,去找女孩。

女孩一开门,便闻见男孩身上扑鼻的酒气,心中顿时升起一丝不快,她没好气地把男孩领进屋。两个人面对面坐着,因为生气的缘故,女孩的态度冷冰冰的。

男孩捏着口袋里的卡片,可是看看女孩的脸色,始终不敢拿出来。墙上的钟,慢慢地指向夜里十一点。

"我累了。"女孩伸伸腰,开始整理摊在桌上的书本,流露出要男孩走的意思。

男孩突然灵机一动,他装作随意翻看字典的样子,然后不经意地将字典合上,放到一边。过了一会儿,他在一张白纸上写下一个"嚣"字,问女孩:"你说,这个字念什么?"

女孩一看,说:"这不是念'ying'吗?"她奇怪地看了男孩一眼,"怎么了? 这个字你怎么会不认识?"

男孩却朝她摇头,说:"不对啊,我觉得这个字是读'yao'的吧?"

女孩脸上的神情显得很冷淡,说:"你错了! 错的肯定是你。"

可男孩却涨红着脸,坚持说:"不对,我记得这个字该读'yao'的。要不,你可以查字典。"

这时候,女孩有点不耐烦了,一边站起身来,一边对男孩说:"明天再说吧,我累了,你也早点回去休息吧。"

男孩坐着没动,怔怔地看着女孩,说:"现在就查字典,好吗?"

女孩奇怪地又看了男孩一眼,觉得他今天的举止似乎有些怪异。女孩心想:他今天肯定是喝醉了。于是便柔声说:"好吧,不用查字典,就算你是对的,念 yao,好了吧?"

可谁知这时候男孩却连连朝女孩摇手:"不,我不对,是我不对,"男孩急得几乎要流下泪来,"我求求你,现在就查查字典,好吗?"

看着男孩这个样子,女孩的脸顿时就绷了起来:他这不是在胡闹吗? 女孩对男孩说:"你再不走,我就生气了,今后再也不会理你。"

男孩一听女孩这话急了,赶紧站起来说:"那好,我走,我这就走。"

走到门口,他又回过头来,满怀希望地恳求女孩说:"答应我,我走后,你就查查字典,好么?"

"好吧。"女孩敷衍地应着声。

男孩走后,女孩就上床关了灯。可是还没有睡着,就听见有人敲她的窗户。

女孩紧张地在黑暗中坐起身来,问:"谁?"

窗外回答的,是男孩的声音:"你……你查字典了吗?"

"神经病!"女孩忍不住骂他。

大概男孩没有听到,又问:"你查字典了吗?"

这下女孩真的生气了,大声说:"查了!查了!查了!当然是你错了!你自始至终都是错的!"

男孩不死心:"你真查了?你没骗我?"

女孩鼻子里哼了一声:"真查了,鬼才骗你呢!"

窗外,男孩很久没有说话。

就在女孩以为他已经走了的时候,男孩轻轻地对她说了声:"保重!"

这是女孩听到的男孩对她说的最后一句话。

可是,不知怎么,当男孩的脚步声渐渐消失了之后,女孩却睡不着了,她终于坐起身,打开灯,翻开了字典。

在"嫛"字的那一页里,女孩看到一张可爱的卡片,上面是男孩写下的话:我愿意用整个生命来爱你,你允许吗?

女孩什么都明白了,她一夜没有合眼。

第二天,女孩一早就出了门,她决定去找男孩。可是,她却再也见不到他了。

男孩躺在太平间里,已经死了。原来,这男孩以为女孩已经看到卡片并且拒绝了他,于是就又去喝了很多酒,结果真的喝醉了,在大街上被车撞了个正着……

（作者:乔　叶;推荐者:刘晶晶）

（题图:刘斌昆）

爱情的鬼脸

　　戴小军是大学三年级的学生,不久前学校举行校园歌手演唱会,一个来自英语系的长头发女生声情并茂地唱了一首民歌,在打动评委的同时,也深深打动了戴小军的心。

　　演唱会结束后,这个女生的影子老在戴小军眼前晃来晃去,戴小军发动一切关系,很快就打听到了那女生的名字,连她每天晚上在哪个教室自习,也了解得一清二楚。

　　一个月色皎洁的晚上,戴小军来到女生正在自习的教室,鼓足勇气坐到她旁边的座位上,悄悄问她:"嗨……你星期五晚上有空吗?"

　　女生愣了一下,惊讶地抬起头来,说:"星期五晚上学校礼堂不是有个院士讲座吗?"

戴小军的脸有点红，硬着头皮又追问了一句："那……星期六呢？"

女生说："星期六，我有个在南方上大学的同学要来北京。"

这不明摆着是在找借口拒绝戴小军嘛！

戴小军再也没有勇气追着问女生星期天有没有空了，当时脑子里只有一个念头，就是赶快在地上找个缝钻下去。他飞也似的逃出教室，把自己的第一次单恋扔在了身后。

两个星期后，正逢三八节，学生会举办假面舞会。组织者规定：只有女生可以戴面具，男生一律不准戴。更有意思的是，舞会上，所有男生必须端坐一边，只有被戴面具女生邀请，才可以起来与她共舞一曲。

戴小军最近正郁闷着，有这样的排解机会，当然不会放过。

果然，舞会开始，音乐一响起来，戴小军很快就把烦恼抛到脑后去了，因为他舞跳得特别好，所以邀请他跳的女生挺多，他不停地上场下场，忙得不亦乐乎。

当乐队又奏起一支新的曲子时，一个戴着鬼脸面具的女生向戴小军走来，并向他伸出了手。戴小军在用手掌托住她的手迈出第一步的时候，一种奇怪的感觉突然涌了上来，第六感觉告诉他，这个女生虽然戴着面具，他看不出她真实的脸，但肯定就是那个唱民歌的长头发女生。刚才，这个女生一直坐在那里，直到全场女生差不多都跳过了，她才向戴小军发出邀请。

戴小军激动得手不由抖了抖，他决定抓住这个机会。

他一边跳，一边对女生说："这很不公平，你能看见我的表情，我却看不到你的脸。我不知道你是谁，也猜不透你现在在想什么。"

女生不接戴小军的茬，什么话也不说。

戴小军只能一个人自言自语："不过这样也罢，只要你能看到我说话时的表情就行，真的，我是认真的。"

女生依然一声不吭。

戴小军这下没了辙，只好不说话……

没一会儿，一曲终了，戴小军不得不下场。眼看这次机会又要没了，戴小军急得赶紧凑到女生耳朵旁，一字一顿对她说："我喜欢你。"

就在这一刹那，戴小军感觉得出，那女生的手抖了抖。

舞会没多长时间就结束了，回到宿舍，戴小军这一晚没睡好，那女生的身影又老在他眼前晃，他不知道自己该怎么办。第二天，他几次鼓足勇气想去找那女生，可是一想到上次被拒绝，他就迈不开步了。

说来也巧，三天后的一个下午，戴小军在校园里正好碰见那女生和她的室友迎面走来。女生看着戴小军，戴小军不禁有点慌神，他尽量装出很随意的样子，和女生打招呼。

就在擦身而过的时候，女生突然用很随意的口气对戴小军说："你有封信，不知怎么给送到我们宿舍楼里了，在我那儿，有空你来拿吧。"

戴小军一听，顿时就愣了，直到那女生和她的室友走得看不见了，才回过神来。他怎么也没想明白：明明是给自己的信，怎么会跑女生宿舍去了？又怎么会那么巧，正好在她手里呢？

当天晚上，戴小军就去找那女生。由于学校规定男生不可以随便进出女生宿舍，所以他只好呆在楼下，让管理员去叫她。

女生没有下楼，一封信从她宿舍的窗子里飘下来。

女生从窗户伸出头来，对戴小军说："你自己看吧！"

信没有落到地上，被戴小军一把抓在手里。戴小军一看，信封上没有发信地址，他觉得很奇怪：这会是谁寄来的呢？

可再仔细一辨别，哈，他看出名堂来了。为啥？他发现信封上的邮戳根本不全，只有邮票上面的半拉子，而信封上那半个邮戳根本就没影。这信哪是人家寄错或邮递员送错的，分明是这女生写给戴小军的。

戴小军的心立刻"怦怦怦"地跳起来,他吃不准女生会在信里给自己说些什么。他抬头再看楼上,那女生已经把宿舍的窗关上了。

当晚,戴小军在教室里晚自习到很晚,熄灯铃响过以后,他还没离开。女生给他的信,就在口袋里放着,可他一直没敢拆开看。他心想:这封信无外乎给他带来两种结果,还是让好消息和坏消息都晚点来吧。

回到宿舍,一直捱到下半夜,当睡意终于渐渐袭来时,戴小军才下决心拆信,揭晓他第一次求爱的谜底。

那女生在信上是这样写的:虽然我对你还不了解,但据说你这人不错,我会试着了解你。顺便说一下,那个星期六下午我的确有同学从南方过来。我现在想问你的是:这个星期天,你有空吗?

天哪,原来她对我还挺有好感的啊?唉,早知道这样,那天在教室里,自己真该接着再问她星期天有没有空,那样自己就不用牵肠挂肚地郁闷这么多日子了。

想到这里,戴小军真恨不得扇自己两个巴掌。

不过此刻,戴小军心里真是乐翻了天,在最美好的大学时光,他等来了最美好的爱情……

这时候,戴小军哪里还能在床上躺得下?他一骨碌起来,冲出校园,在街上走了一个多小时,找到一家二十四小时营业的快餐店,在睡眼惺忪的服务员惊愕的目光下,一口气吞下三大碗牛肉面!

(月 南 供稿)

(**题图**:黄全昌)

因为山在那里

　　学校里最近出了个大新闻，音乐系的"系花"舒桐竟然加入了"神鹰社"。要知道，神鹰社是登山爱好者的协会，那可是壮小伙子们的游戏啊，瞧舒桐那娇柔的样子，怎么能行？所以，不少人都替她捏了把汗。

　　为舒桐捏把汗的，还有她的男朋友，美术系的才子方豪杰。

　　方豪杰断定舒桐参加登山协会绝非偶然，而是为了一个人。谁？神鹰社的社长林非跃。

　　林非跃在学校里是个名人，长得高大英俊，是不少女生的梦中情人。最近，舒桐不止一次地在方豪杰面前赞扬林非跃，眼见得"羊入虎口"，为了不让林非跃轻易得手，方豪杰只好也跟着报名加入神鹰社。

可加入后不久,方豪杰就开始后悔了。神鹰社每周的例行训练,都让方豪杰累得腰酸背疼,好几次他都想放弃,可一看到林非跃那神气活现的样子,为了一定要得到舒桐,他只好坚持下去。

但不久,终于还是出事了。

舒桐本来和方豪杰约好,学校一放暑假,就陪他去写生。可放假都好几天了,方豪杰却一直找不到舒桐,方豪杰心里立刻有一种不祥的预感:她是不是到林非跃那里去了? 在没有认识林非跃之前,舒桐可从来不是这样。

方豪杰忍不住去神鹰社责问林非跃,走进大门,他看到林非跃正在急匆匆地收拾行李,就要上前去问。

可没等方豪杰开口,林非跃就扔给他一个背包,用命令的口气说:"背上!"他好像猜透方豪杰心思似的,问他,"你是来找舒桐的吧?"

方豪杰点点头。

林非跃说:"你真想找到她,就背上背包跟我走。"他不容分说地拉着方豪杰走出神鹰社,去了长途汽车站。

直到长途汽车驶出车站,林非跃才告诉方豪杰,其实放假第一天,舒桐就和神鹰社的几个男生一起出发去登迈央雪山了,林非跃也是在他们进山后的第二天才知道的。但现在山里传来消息,说迈央雪山突然发生雪崩,舒桐他们全被困在山里出不来了,林非跃现在匆匆进山,就是赶去救他们的。

一听舒桐已经被困在雪山上两天了,方豪杰真是又惊又怒:如果不是眼前这小子,舒桐怎么会去参加神鹰社? 怎么会莫名其妙地被困在雪山上? 要不是林非跃现在是去救他们的,方豪杰真恨不得把他从车上扔下去。

辗转换了几次车后,方豪杰跟着林非跃到了一个叫麦隆的小镇。

　　林非跃递给方豪杰一张地图,指着上面一个标着箭头的地方说:"这儿叫七里沟,在迈央雪山中部,舒桐他们就被困在这里。"

　　接下去,林非跃说的话就让方豪杰震惊不已了:"你知道,我也喜欢舒桐,今天,是上苍赐给我们公平竞争的机会。我们来个约定,看谁先赶到七里沟,后到的那位,从此就自动离开舒桐。你敢不敢跟我比?"

　　方豪杰没料到林非跃会在现在这种时候露出"庐山真面目",他虽然觉得这样的竞争不公平,可如果自己退却,不是正好中了林非跃的计谋吗?于是狠狠地把头一点,冲着林非跃说:"别以为扯到登山我就怕你,为了桐桐,我不但要征服雪山,也一定要战胜你!"

　　林非跃一听方豪杰这么说,笑了:"好啊!不过我提醒你,你可得先找个向导,问清楚了上山的路。别到时候人没救回来,反倒要我来救你哦。"

　　方豪杰当然不会服气,一把抓过林非跃手中的地图,说了声"谢谢你的好意",便头也不回地就往山上走。

　　他身后,传来林非跃的喊声:"记住,沿着这条山路,你就可以找到去七里沟的向导。"

　　方豪杰不想再理睬林非跃,他一阵跑,很快就把林非跃甩在了后面。可问题是,他走了很久,都没有碰到一个人,也没有看到一个村寨。那么,林非跃说的向导在哪儿呢?

　　眼看天色渐渐暗下来,山路也越走越窄,越来越陡峭,方豪杰心里不免紧张起来:如果再找不到向导,自己怎么办?一想到自己完全可能在这种危机四伏的雪山上迷路,方豪杰不禁害怕起来,他停下了脚步,希望后面能传来林非跃的脚步声。

　　可是过了很久,什么人影也不见,什么声音也没有。

　　方豪杰意识到有点不对劲:按说以林非跃神鹰社社长的身

手,从这条路上山的话,早该追上自己了,可为什么这么久了都没见他人影呢?

这时,突然冒出来的一个想法,让方豪杰吓了一跳:这一切,会不会全是林非跃事先策划好了的阴谋?

这个念头一上来,方豪杰就越想越觉得可疑:林非跃不是说来救人的吗?怎么救人就只叫了他方豪杰一个?按说更应该通知当地的救援队啊。还有,既然他那么想得到舒桐,为什么不带人来把舒桐他们救出去,却反而把自己叫来,那不是更能博得舒桐的好感吗?

想到这一切,方豪杰懊恼万分:现在一切都晚了,身困雪山,进退不得了。

这时候,天已经完全暗下来,无论上山还是下山,再赶路都已经不可能了。就在方豪杰不知所措的时候,他突然发现路旁的一棵大树上,竟然挂着一个旧的帆布背包,取下来一看,背包上有一行依稀可见的字:因为山在那里。

方豪杰心里一动:这肯定是哪个登山爱好者丢下的东西。他知道,"因为山在那里",这是新西兰一位著名登山爱好者说的话,他当初报名参加神鹰社时,就听说过这个故事,记得当时他还在心里暗笑:我登山可不是"因为山在那里",而是因为"桐桐在那里"。

不过此时此刻他看到这句话,却觉得像遇见了亲人。

方豪杰赶紧打开背包,发现里面有一顶旧帐篷和一条旧毯子。他喜出望外,如获至宝,马上将帐篷撑开,钻了进去,又将毯子往身上一裹,很快便睡迷糊过去了。

不知过了多久,方豪杰被一阵"劈啪劈啪"的声音惊醒了,睁开眼睛一看,帐篷外燃着一堆篝火,火光将一个长长的人影映在帐篷上,方豪杰赶紧从旧毯子里钻出身子,走出帐篷,看到篝火旁坐着一个十一二岁的藏族男孩。

男孩看到方豪杰就迎了上来,递给他一个烤得热乎乎的红薯,说:"叔叔,你是饿醒的吧? 吃了这个红薯就不会饿了。"随后,又跑到篝火旁,把地上堆着的几个红薯放在嘴边吹了吹,丢进了火里,"叔叔,你快吃吧! 你瞧,吃完了这里还有。"

方豪杰好奇地问他:"你是谁? 这帐篷和毯子……是你的吗?"

男孩一边往火堆里加牛粪,一边回答方豪杰说:"我叫扎西罗丹,你睡的帐篷和毯子都是登山叔叔留下的。"他告诉方豪杰,因为这里平时有不少孩子都走这条路去上学,他们的家离学校都很远,常常要走一整天,而路上还时常会突然下雨下雪,登山叔叔就沿途给孩子们留下一些帐篷,放在背包里挂在树上,这样若碰上需要的时候,孩子们就可以用来躲避雨雪,度过夜晚。

扎西罗丹说,他刚刚在家里过完周末,现在正要到学校去。

这时候,其实已经是第二天凌晨,太阳渐渐升起来了,迈央雪山在朝霞里显得格外壮美。如果是在平时,方豪杰一定会把这美丽的景色收进自己的画作,可现在他哪有这个心思。

方豪杰试着问扎西罗丹:"你知道七里沟在哪里吗?"

"知道,当然知道!"扎西罗丹兴奋地答道,"叔叔,你要去七里沟?"

方豪杰说:"是啊,听说那里发生了雪崩?"

"雪崩?"扎西罗丹迷茫地看着方豪杰,"没听说啊? 哪里雪崩了,我的学校就在那里啊!"

"没有? 真没有?"方豪杰糊涂了:那到底是怎么回事? 桐桐现在到底怎么样了?

"你不是说要去学校的吗? 我们赶快走。"方豪杰不等扎西罗丹说话,就拉上他往七里沟赶。

赶到七里沟,已经时近中午,放眼看去,天上白云朵朵,山上白雪皑皑,坡上牛羊成群,哪里有雪崩过了的痕迹?

方豪杰正疑惑着,突然有人在叫他:"方豪杰,你来迟了!"

方豪杰一看,叫他的竟是林非跃。

此时,林非跃正站在前面不远处,一脸坏笑地看着方豪杰,说:"你可真是傻到了家,指给你一条远道,你还真去走。怎么样,认输了吧?"

方豪杰顾不上和林非跃争辩,冲上去一把揪住他的衣领吼道:"你不是说这儿雪崩了吗? 你不是说桐桐被困在这里了吗? 她人呢?"

林非跃将方豪杰的手一挡,笑道:"我那不是骗你的么,你怎么就当真了呢? 不管怎么说,我比你先到这里,你总是输了的。怎么样,把舒桐让给我吧?"

一听这话,方豪杰气得满脸通红,挥拳就朝林非跃捅了过去。

谁知林非跃早有准备,往边上一闪,就轻轻躲开了:"想打架啊? 好,我们找个开阔地方去比试比试,免得你小子不服气。"

林非跃一边说着,一边就往寨子旁边的山坡上跑,方豪杰追了上去。

跑到一块空地上,林非跃突然停了下来,对着前面一排木房子大喊:"孩子们,快出来吧!"

他话音刚落,只听"哗"的一声,从木房子里一下拥出几十个大小不一的藏族小孩,让他吃惊的是,那个扎西罗丹竟也在里面。原来这里是个学校啊!

只听林非跃对孩子们说:"同学们,大家都看好了,今天,老师要给你们上一节体育课,教你们摔跤。"

说完,他朝方豪杰一招手:"放马过来!"

孩子们一看两个大人要打架,兴奋得使劲儿拍起手来。

就在这时,方豪杰听到了一个熟悉的声音:"你们两个别闹了,孩子们正上音乐课呢!"

这不是桐桐的声音吗？方豪杰循声望去，果然看到舒桐正站在孩子们身后，笑吟吟地看着他。

林非跃推了方豪杰一下："还不快过去？没人抢你女朋友！"

方豪杰这才反应过来，冲上去一把抓住舒桐的手："桐桐，你没事吧？"

舒桐的脸立刻红了，轻轻甩开方豪杰的手，带着孩子们重新走进了木房子。在关上教室门的时候，她伸出头来，对方豪杰说了句："你可不能回去咯！"

林非跃显得很兴奋，可是方豪杰虽然见到了他心爱的桐桐，脸上的神情却依然疑惑。

林非跃拍拍他的肩，这才将事情的前后经过，详详细细地告诉了他。原来，神鹰社一直在默默帮助着这所偏远地区的山村小学，他们除了为这里的孩子购买文具，每年还组织神鹰社的社员作为志愿者到这里来教书。舒桐参加神鹰社，就是为了能参加这个公益活动，但她怕方豪杰不愿意和她一起来，于是就和林非跃想了这么个招。

林非跃哈哈笑着，对方豪杰说："说真的，昨天你要是不来救舒桐，我可就真要追她了。"

这时，舒桐给孩子们上完音乐课，从木房子教室里出来了，她将一个画板往方豪杰手里一塞，说："快去吧，孩子们在等新老师来给他们上第一堂美术课呢！"

方豪杰接过画板，灵机一动，对孩子们说："走啊，咱们画雪山去！"

他一挥手，那些孩子就像一群欢乐的小鸟，跟着他一起扑向美丽的迈央雪山……

（冯　舒）

（题图：谭海彦）

真心无价

颜鸣和女友晓晓在同一所大学念书,颜鸣大四,晓晓大二。巧的是,晓晓的室友欧阳水儿和颜鸣班里的郭阳也在谈恋爱。

这一来,住在一个寝室的晓晓和欧阳水儿,每天晚上睡觉前就免不了要对自己各自的男友颜鸣和郭阳评头论足一番。可是这话第二天又分别被她们"复制"到对方男友的耳朵里,这就把颜鸣和郭阳给坑苦了,两人从此暗暗较上了劲。

俗话说:树活一张皮,人争一口气。万万不能在自己女友面前丢脸啊! 这一来,要是郭阳陪欧阳水儿去"肯德基"了,颜鸣就免不了陪晓晓去"麦当劳";如果颜鸣陪晓晓去看电影了,那么郭阳就会约欧阳水儿去跳舞;哪个送了高档化妆品给女友,另一个若不去服装店"出点血",就会整整一个晚上睡不好觉……

比来比去,爱情指数是节节攀升了,可颜鸣和郭阳两人的钱包却一天天往下瘪。

说起来,郭阳的家境要比颜鸣优越多了。郭阳父亲是做服装生意的,一年下来能赚它个几十万,而颜鸣家是工薪阶层,父母不可能给他很多钱去谈女朋友。不过事实上,颜鸣也从没给父母说起过他交女朋友的事,他砸进这场"拉锯战"里的钱,主要是靠他自己兼职和做家教所得,再加上平时节衣缩食省下来的。

但即便是这样,颜鸣还是败给了郭阳。

郭阳一贯出手大方,送欧阳水儿的必是上档次的东西。前一阵,他花五百元买了一个 MP3 送给欧阳水儿,没过几天,欧阳水儿发现这款 MP3 市价其实三百元都不到,是商家以次充好蒙人的货色,郭阳得知后,立马去换了个高档 MP3 不说,为了表示歉意,居然还买了台液晶电脑给欧阳水儿,说是作为补偿。

欧阳水儿乐得嘴巴都咧到耳后根了,可颜鸣却傻了眼:一台液晶电脑,没个六七千元的哪拿得下来啊?刹那间,他和郭阳的"面子战争"被这台电脑推向了高潮。

一提起那台液晶电脑,晓晓的眼睛就发亮,在她那清澈的眼眸里,颜鸣读出了她对那玩意儿的惊羡和神往。或许,她们寝室里的姑娘都会对此津津乐道,说不定还会说:"晓晓,叫你的颜鸣也送你一台啊!"

想到这里,颜鸣禁不住胆战心惊,他心里很痛苦,不知道该怎样来挽救自己的颓势。若也去帮晓晓买台液晶电脑,这对颜鸣来说,简直跟蚂蚁想踩死大象那样异想天开,因为他不可能有这么多钱。

煎熬再三,颜鸣下定决心去给晓晓买一台数码相机。晓晓读的是美术专业,一直想着能拥有一台数码相机。虽然它比起电脑来要逊色得多,但多少总能挣回一点面子。但即便是这点面子,颜鸣起码得扔出去二千五百元,才能把数码相机换回来。

如何凑齐这笔钱呢？颜鸣心里盘算着：明天月底了，自己可以领到一千元兼职工资，还有一笔七百元的家教费也可以拿了。可两者相加还差八百元的缺口哪！颜鸣搜索枯肠，最后硬起头皮决定在父母身上想办法。眼下正好临近国家公务员报考，颜鸣决定谎称要去省城报考公务员，车旅费加上报名费和资料费，差不多就是八百元了。

虽然一想到得去欺骗父母，颜鸣心里多少不是滋味，可郭阳给欧阳水儿买的那台亮晶晶的电脑老在他眼前晃，他狠狠心，决定豁出去了。当晚，颜鸣就给家里打电话，谁知父母不在家，没人接，他只好叹口气，打算第二天晚上再打。

第二天中午，颜鸣正要去他给补习的学生家里拿家教费，走出教室的时候，班长说这几天没见郭阳来上课，手机也停了，他拿出一张登记表，让颜鸣顺道转交给郭阳。郭阳的家就在颜鸣家教的那个学生家附近，颜鸣曾经跟班长说起过，颜鸣于是答应了一声，把表格往书包里一塞，就走出了教室。

很快，颜鸣从学生家拿到家教费出来，便去郭阳家。

郭阳和他母亲正在吃饭，郭阳母亲看到有同学来，就热情地招呼颜鸣一起吃，颜鸣不好意思，把表格从书包里拿出来递给郭阳，就急着要走。可谁知郭阳母亲在旁边一眼瞥见这张表格，陡然脸色一沉，立刻放下碗，叫郭阳跟她进了内室，说是有话要对郭阳说。

郭阳脸色倏地煞白，攥着颜鸣递给他的表格，乖乖地跟了进去。

颜鸣吓坏了，心里又莫名其妙，不知道发生了什么事情。直到这时候，他才突然意识到自己很糊涂，班长让他带给郭阳的表格，他当时根本就没顾上看一看。

内室里，郭阳母亲在训斥郭阳，声音很响，颜鸣在外面听得清清楚楚。

原来,那是一张缓交学费的登记表。郭阳骗了他母亲,没把母亲给的七千多元学费交给学校,而是给欧阳水儿买了那台液晶电脑。原先颜鸣一直以为郭阳家很有钱,而郭阳母亲此时却边哭边骂郭阳,说郭阳父亲近几年做生意亏了几十万,家里现在还欠了一屁股债。不仅如此,郭阳父亲还在外面找姘头,几乎不回家,家里的吃用开销,全靠郭阳母亲一个人支撑着……

颜鸣越听心里越不是滋味,他不想再听下去了,拔脚就想走。可就在这时,突然从内室传来郭阳的惊叫声:"妈,你怎么了?妈,你醒醒啊!"

颜鸣一听,赶紧冲进内室,只见郭阳母亲倒在地上,郭阳正抱着她失声痛哭。颜鸣还算头脑冷静,马上拿起电话就拨120……

这事儿发生后,郭阳一直没来学校,听说他母亲已经出院,只是因为原来身体就不好,这次又受了刺激,所以时不时地会一个人胡言乱语,郭阳要留在家里照顾母亲。

颜鸣听说后惊出一身冷汗,心里不禁后怕起来:幸亏自己昨天问家里要钱的电话没打通。父母的身体平时也不怎么好,难道我也忍心把他们骗到这般境地?

颜鸣再也不想向家里要钱了,一番思量之后,他去商场买了条漂亮的围巾送给晓晓。让他没有想到的是,晓晓接过这条围巾可高兴了,拉着颜鸣又是唱又是跳。

瞧着晓晓那一脸灿烂的笑容,颜鸣恍然大悟:晓晓需要的,其实是我的真心。世上什么东西都可以比,唯独真心比不了,也根本不必去比……

(林贤安)

(题图:安玉民)

你是我要感谢的人

　　郭玲是一名在校大学生,两年前,她和学长伟生相爱了。伟生信誓旦旦地说要爱郭玲到地老天荒,而郭玲则死心塌地把自己的一切全给了伟生。

　　可仅仅热恋了一年之后,伟生就毕业离校到英国留学去了。原先说好学成后就立刻回来,所以郭玲天天盼望着和伟生重逢的幸福时刻快快到来,可谁知最后等来的,却是伟生和一个英国女孩订婚了的消息。

　　郭玲伤心欲绝,这年放暑假她没有回家,想利用假期好好打工,一是为自己下学期挣点生活费,二来也想借此排遣心中的忧伤。

　　经过一番努力,郭玲找到了去一户人家应聘做家务活的机会。这是一户有钱人家,住在一个环境幽雅的高档花园小区里,按照事先的约定,这天郭玲来到他家大铁门外,按响了门铃。

一会儿,一个四十多岁的中年女人来给郭玲开门,把她带进了屋。屋子很大,屋里装潢豪华,布置讲究,只不过每个房间都显得异常的清冷和寂静。

女人给郭玲端来一杯茶,微笑着请她在沙发上坐下,说:"姑娘,请喝茶。今天你不必忙着干活,我们先聊聊。"

郭玲赶紧道声谢,在沙发上落座后,端起茶杯,小口抿着。

女人坐在对面,上下打量着郭玲,忽然,嘴里发出一声惊叹:"多好看的戒指!"

郭玲抬起头来,发现女人正目不转睛地盯着她手指上的那枚镶着红宝石的戒指看,郭玲于是下意识地想把手放下去。

女人却请求道:"姑娘,能把你手上的戒指取下来,让我看看吗?"

郭玲当然不会不愿意,于是就点点头,把红宝石戒指从手上取下来,递给女人。

女人接过戒指,在手里不住地把玩着,欣赏着,嘴里连连发出"啧啧"的感叹声。随后,她将戒指还给郭玲,开玩笑地说:"这么好看的戒指,一定是你男朋友送的吧?"

一听到女人提"男朋友"三个字,郭玲一下就黯然神伤起来。的确,这个戒指就是伟生当初送给郭玲的定情礼物,现在虽然伟生背叛了郭玲,可郭玲还是很怀念过去那段令她心醉的时光,所以就一直没把它从手指上摘下来。

可能是女人注意到了郭玲神情的变化,马上就转换话题,和她谈起了关于做家务活的要求。谈完之后,她送郭玲出门,说:"你明天就可以来正式上班了。记住,你以后就叫我兰姨吧。"

第二天,郭玲准时来到兰姨家,正式做起家务活来。因为从小在家里劳动惯了,所以洗衣、做饭、打扫卫生,郭玲干起来样样都在行,而且又特别认真,特别到位,所以一天下来,兰姨就对郭玲非常认可,定下了比一般市场价格要高得多的报酬标准。

一转眼,假期快要结束了,郭玲觉得自己这段日子过得很充实,只是每当闲下来时,她还会忍不住地盯着手上的红宝石戒指出神。尽管和伟生的恋情已经破碎,可她总不能彻底忘却。

兰姨的丈夫一直在国外经商,平时家里就兰姨一个人,她很少出门,总是在家里看看书什么的。这天,兰姨看到郭玲忙完活儿后,又在盯着手上的红宝石戒指抹泪,就怜爱地问她:"姑娘,如果我没有猜错的话,你在感情上一定受过伤吧?"

郭玲不由自主地点头,忍不住把和伟生的伤心事对兰姨讲了。兰姨听后,抓着郭玲的手,安慰说:"姑娘,振作起来,伟生也许是一时糊涂呢,等他清醒过来,说不定还会来找你的。你如果信得过我,就把他叫来,我帮你开导开导他。"

郭玲没想到兰姨会这么热心,她抹着眼泪,感激地朝兰姨点点头。从内心深处讲,郭玲确实很盼望能再见到伟生,但伟生能像兰姨说的那样,回到她身边吗?

然而,大大出乎郭玲意料的是,过了没几天,郭玲竟意外地接到伟生的电话,先是向她说了一些表示歉意的话,然后说他已经回国了,希望见郭玲一面。

郭玲放下电话,激动得一阵昏眩:伟生怎么会又来找自己了?是巧合,还是兰姨真去找过伟生?可兰姨是怎么找到他的呢?

第二天,一个清凉的夏夜,郭玲和伟生在一家名叫"昔日重现"的咖啡屋里见面了。两个人面对面坐着,伟生一脸愧色地看着郭玲,郭玲却沉默着,时不时侧头望望咖啡屋的大门。她是在等兰姨,因为兰姨答应她,今天要帮她好好教育教育伟生。

大约过了十来分钟,兰姨来了,一走进咖啡屋,郭玲就高兴地向她招手。可是伟生看到兰姨,却是一脸恐慌。

　　兰姨走近伟生,冷冷地说:"年轻人,到了你该为自己的所作所为付出代价的时候了。"兰姨话音刚落,从她背后突然闪出两名警察,"嚓"地一声给伟生的手腕套上了一副明晃晃的手铐。

　　郭玲惊得傻愣在那里,不知道发生了什么事情。

　　后来,郭玲才知道:伟生出国前也曾在兰姨家打过工,有一天趁兰姨不注意,偷走了她家十万元现金和一些昂贵的首饰,可是当警方最后确定伟生是作案嫌疑人的时候,伟生已经去了国外。所以,当兰姨看到郭玲手上戴的红宝石戒指,认出竟就是她自己的那枚时,十分惊诧;后来在与郭玲交谈中,兰姨确证了此伟生就是彼伟生,而且巧的是,伟生去留学的地方居然就是兰姨丈夫的经商之地。于是,兰姨便让丈夫进一步了解伟生在那儿的所作所为……

　　伟生落网后,郭玲哭成了泪人。

　　兰姨问她:"姑娘,你是不是恨我,责怪我利用了你?"

　　郭玲连连摇头:"不!兰姨,我怎么会恨你呢?我从心里感激你,是你救了我呀!"

　　原来,伟生这次回国来找郭玲,根本不是真心来向她道歉的,而是想把她骗到国外去,贩卖给一个国际卖淫组织。郭玲做梦也没有想到,伟生在国外早已沦落为一个贩卖妇女的罪犯了。一想到这,她就不寒而栗。

　　当暑假结束,郭玲恋恋不舍地告别兰姨时,兰姨拿出那枚已经物归原主了的红宝石戒指,把它戴在了郭玲的手上。兰姨深情地对郭玲说:"姑娘,这枚戒指送给你留个纪念吧,希望你别忘了兰姨。"

　　这时,郭玲再也无法控制自己的感情,满眼含着热泪,哽咽道:"兰姨,谢谢你……"

(李澍声)

(题图:安玉民)

寻找王磊

去年暑假,张小文和几位同学结伴去游古长城,追寻古代戍边将士的踪迹。他们坐车来到陕西境内,然后沿着古长城的残垣断壁,迎着落日的方向前进。

一连数日,他们耳边似有鼓角争鸣,眼前仿佛闪动着金戈铁马……当太阳再一次落山时,他们进入了王家寨地界,大家决定就在古长城的堞楼中宿营。他们一个个情不自禁地脱下身上的外衣,挥手向落日告别:"哎嗨——再见,明天见!"

令大家没有想到的是,他们的呼喊竟然引来了回应:"喂……你们是谁?我们来了!"

难道这古长城上还有和我们一样的游客?同学们立刻兴奋地不顾疲劳迎了上去。

　　果然，从前面古道上走来一伙和他们一样的年轻人，为首的是一个挺帅的小伙子，皮肤黝黑。

　　小伙子笑着向同学们打招呼："嗨，我们是石头城的，你们不是本地人吧？"他边说边走过来，友好地搂搂张小文的肩。

　　张小文脱下棒球帽，露出一头短发，说："我们是北京来的学生。"

　　小伙子愣住了，惊愕地看看张小文，抱歉地说："对不起，我还以为你是男生呢。"

　　张小文"扑哧"一声笑了："别不好意思嘛，女生就不能搂一下吗？"

　　张小文的调侃引来大家一阵哄笑，于是双方年轻人仿佛一见如故，大家席地围坐，一起品尝着各自背包里的巧克力、牛肉干，还有马奶酒……

　　一直闹到月挂中天的时候，大家又趁兴伴着篝火唱啊、跳啊，玩得可痛快了。

　　搂张小文的那个小伙子叫王磊，他用六弦琴为大家演唱了一首当地牧歌："在那一望无边的草海，有个姑娘从远方来。她惦着心中的哥哥，来寻找石头遍地的城……"

　　当时谁也想不到的是，王磊在这首牧歌中唱的"从远方来的姑娘"，后来竟成了张小文。因为王磊在教张小文跳一种当地古老的砍柴舞时，张小文完全被他英武的舞姿所倾倒，王磊也感觉出了这一点，所以趁没人注意的时候，就大胆地吻了张小文一下。那一刻，张小文简直醉倒在了王磊的怀里……

　　第二天，当大家从七倒八歪的睡态中醒来时，太阳已经升得老高了。双方拍拍身上的尘土，收拾好背包，挥手互道再见，谁都知道，这一别就是永远，但没人要留对方的电话。其实人生就是这样，美好的原版不会重现，就把它存留在心里，洒脱地分别。

　　然而此时，张小文已经恋上了王磊，后来回到学校念书，整整一年,只要想起王磊,张小文就魂不守舍。于是当暑假再次到来时,她决定去石头城找那个小伙子。

张小文辗转乘车来到石头城,她心想:寻找王磊的捷径莫过于求助户籍警。于是便走进了当地的派出所。

派出所的一位老民警听了张小文述说的故事,龇着被烟熏黄了的大门牙笑了,说:"姑娘,虽然我们石头城不大,但也有几十万人口,据我所知,叫'王磊'的不下几百人呢。你到底要找哪一个王磊啊?"

张小文顿时惊愕了:"这可怎么办?"

老民警说:"你不如到我们《石城晚报》上去登个寻人启事吧,让你要找的那个王磊自己来与你联系。"

张小文忙问:"报社在哪里?"

老民警立刻拨了个电话,说:"喂,二丫,有件事你听我说……"他把张小文要找王磊的事在电话里简略地说了一下,吩咐那个二丫赶快过来。

老民警给张小文解释说:"二丫是我外甥女,《石城晚报》的记者。"

不一会儿,便有一个骑车的姑娘风风火火地赶来了,不用老民警介绍,张小文也猜出她就是二丫。

二丫飞奔进门,一把拉住张小文的手,说:"要找王磊的就是你吧?太好了,我正想搞一篇有轰动效应的文章来打开报纸销路呢……别动!"说着,她举起照相机,不由分说地"咔咔咔"给张小文拍了几张照片。

张小文急了,说:"姐姐,你看,我都还没来得及梳洗一下呢,你就给照了。"

二丫说:"嘿呀,我要的就是你这风尘仆仆的样子。"她拉张小文坐下,又说,"咱们这么办——我把你的故事刊登在'百姓生活'栏里,让那个王磊到报社与你相会,我相信到时候肯定会有一个动人的场面,我们的报纸这回可要风光一把了。"

　　张小文虽然不想这么大张旗鼓,但是为了尽快见到王磊,只好点头。于是,她在二丫的热心安排下,住进了《石城晚报》社的招待所。

　　过了一天,二丫手里举着一张报纸来找张小文,兴奋地说:"小文,你看,你的故事登出来了!"

　　张小文从二丫手里接过报纸一看,见上面果然登着二丫给她拍的照片,就问二丫:"王磊真能来吗?"

　　二丫十分有把握地说:"放心,我们《石城晚报》很有影响的,说不定王磊明天就来找你了。"

　　第二天上午,二丫领张小文去报社接待室。刚走到门口,透过窗户,张小文就惊讶地看到里面有几十个男人,正在闹嚷嚷地说着什么。

　　她问二丫:"这些人是谁?"

　　二丫冲她一笑:"他们都是王磊呀!里面肯定有一个就是你要找的呢!"

　　张小文顿时惊得目瞪口呆:"可……可我只要一个会跳砍柴舞的王磊啊!"

　　二丫安慰她说:"你别急,他们都说自己会跳舞,你去看看嘛……"说到这里,她自己不由笑了起来,凑近张小文耳朵悄声说,"不过据我所知,他们中有几个昨晚还特意拜师速成了一夜哩!"

　　张小文一听更担心了:"来了这么多王磊,我可怎么办呢?"

　　"我早为你想好了,来,坐上去。"二丫不知从哪里推来一把轮椅车,朝张小文诡秘地一笑,说,"等会儿我就对他们讲,你跟王磊分手后,在爬一段很陡峭的古长城时,不小心摔伤了脊椎,已经下肢瘫痪了,看看那个王磊是不是还会喜欢你。"

　　事情到了这个地步,张小文只得由二丫摆布了,她坐上了轮椅车,忐忑不安地被二丫推进了《石城晚报》社的接待室。

屋里的人正在大声争论。一位四十多岁的王磊面红耳赤地朝大家嚷嚷道:"那天晚上在长城,因为天太黑,所以张小姐把我当成了小伙子……我干吗跟我老婆离婚? 就是在等待这次奇遇。"他转而又对一个穿白汗衫的小伙子说,"李二锁,你怎么也敢来冒充王磊?"

只见那个李二锁愤愤地答道:"你别血口喷人,我小名就叫王磊。"

二丫见这伙人互相争个不停,便使劲咳了一声。大家一看,来了两个女的,立刻安静下来。

二丫朝大家点点头,说:"请大家来认一认,这位就是远道而来的张小姐。"

所有人的目光,立刻"刷"一下都不约而同地聚焦到了坐在轮椅上的张小文的腿上。

二丫说:"事情是这样的……"她把刚才即兴编的故事当着众人说了一遍,屋子里的人一听,个个大失所望,一边纷纷朝外走,一边嘴里嘟囔着:"怎么不早说明腿残了啊? 这不是坑人嘛!"

瞬间,一屋子的王磊,统统走了个干净。

二丫觉得这样对张小文似乎太残忍了,她神色黯然地对张小文说:"你……还是回家吧,我帮你买张车票。"

张小文鼻子一酸,眼泪滚落下来,哽咽道:"这些人里,肯定没有我要找的王磊,我敢发誓,刚才他如果在场,绝对不会走。"

"别傻了,"二丫劝张小文说,"你要找的王磊肯定就在刚才那堆人里,他看到你这个样子,当然就不出来认你了。你别难过,现在就把他识破,这是好事啊!"

"不,你胡说。我不信,不信!"张小文一边说着,一边伏在轮椅扶手上失声痛哭,二丫默默地陪着她,没说一句话。

这时,忽然有个手里捧着一束野花的小伙子,风风火火地从外面闯进来。天哪!张小文抬起头来一看,大吃一惊:他不正是那个会跳砍柴舞的王磊?

王磊进门就瞪大眼睛盯着张小文,说:"对不起,我去给你采花,来晚了。我在路上听人说,你的腿摔坏了?唉,都怪我,都怪我!要是那天早晨咱们一起走就好了,你对这里的地形太不熟悉……"

张小文一听,激动地从轮椅上一跃而起,搂着王磊的脖子大声说:"王磊,我就知道你会来!你一定会来!"

这时,二丫也惊喜万分,她不失时机地举起相机,按下快门,拍下了这张珍贵的照片……

（张　修）

（题图:安玉民）